陳去病 著

詩學綱要

貴州出版集團
貴州人民出版社

圖書在版編目（CIP）數據

詩學綱要 / 陳去病著 . -- 貴陽 : 貴州人民出版社 ,
2024. 9. -- ISBN 978-7-221-18608-9

Ⅰ . I207.22

中國國家版本館 CIP 數據核字第 202401SP94 號

詩學綱要

陳去病　著

出 版 人　朱文迅
責任編輯　馮應清
裝幀設計　采薇閣
責任印製　衆信科技

出版發行　貴州出版集團　貴州人民出版社
地　　址　貴陽市觀山湖區中天會展城會展東路 SOHO 辦公區 A 座
印　　刷　三河市金兆印刷裝訂有限公司
版　　次　2024 年 9 月第 1 版
印　　次　2024 年 9 月第 1 次印刷
開　　本　710 毫米 ×1000 毫米 1/16
印　　張　14.25
字　　數　86 千字
書　　號　ISBN 978-7-221-18608-9
定　　價　88.00 元

出版説明

《近代學術著作叢刊》選取近代學人學術著作共九十種，編例如次：

一、本叢刊遴選之近代學人均屬于晚清民國時期，卒于一九一二年以後，一九七五年之前。

二、本叢刊遴選之近代學術著作涵蓋哲學、語言文字學、文學、史學、政治學、社會學、目録學、藝術學、法學、生物學、建築學、地理學等，在相關學術領域均具有代表性，在學術研究方法上體現了新舊交融的時代特色。

三、本叢刊遴選之近代學術著作的文獻形態包括傳統古籍與現代排印本，爲避免重新排印時出錯，本叢刊據原本原貌影印出版。原書字體字號、排版格式均未作大的改變，原書之序跋、附注皆予保留。

四、本叢刊爲每種著作編排現代目録，保留原書頁碼。

五、少數學術著作原書内容有些許破損之處，編者以不改變版本内容爲前提，稍加修補，難以修復之處保留原貌。

六、原版書中個别錯訛之處，皆照原樣影印，未作修改。

由于叢刊規模較大，不足之處，懇請讀者不吝指正。

詩學綱要　篇目

吳江陳去病著

詩學綱要

同邑楊天驥題

中華民國十六年一月初版

百尺樓叢書
（詩學綱要上冊）
定價每部一元二角

箸作者　吳江陳去病

印刷所　國光書局
上海新大沽路六七一號
電話西三七四三號

發行所　東南大學
南京四牌樓
持志大學
上海體育四路
國民大學
上海靜安寺路
競雄女學
上海北成都路
各大書坊

巢南潤例

巢南先生偃息衡門箸書娛老頗有翛然自適之意而爭求其文者日益衆殊苦逼迫同人等前已代擬潤例頃更修正如後

今體詩　每件五元　古風倍之

題跋　十元　序記倍之旋疏引啓同

箴銘頌贊　廿元　傳狀倍之

壽文祭文祝詞等項　卌元駢體及公共者均倍之

墓表墓碣　五十元　駢文倍之

墓志銘神道碑及廟堂諸石刻另議

忠孝節烈事關揚闡者不受酬

以上諸項文字脫藁後他人幸毋竄易

丁卯元旦

友人　張繼　田桐　柳棄疾　胡韞玉　高燮　姚光　同訂

敍

口不讀三百篇，耳不聞十九首，目不覩兩漢、三國、六朝之五七言，源流之不明，正變之不悉，師承派別之不了解，而輒囂囂然自詡斯文，謬矜風雅。烏虖！以是而言斯文，則斯文安得不掃地？以是而言風雅，則風雅安得不陵替哉？

余甚痛之，故撰文十九篇，明詩學之遞嬗，攷古今之得失，或敍其人之品槪，以興尙友之懷，或攬作者之菁英，以達吟詠之趣。積歲五稔，剞劂粗定，名曰《詩學綱要》，俾諸生講肄焉。自維譾陋，卑無高論，貽笑方家，何當大雅？要爲學者指點迷途，渡登覺岸，亦不得不爾爾焉。

嗟嗟！輓近以來，箏琶聒耳，謬種流傳，或以獺祭爲工，或以俚俗爲好，或專務酬應，而不知訣頌之可恥，或隨筆揮洒，而不知平仄之失錯，甚至刻劃無鹽，自矜瀏亮，苟涉遐想，妄擬西崑，此其不量，類堪嘔噦，而世俗之澆漓極矣，可無慨哉！

今爲諸生告曰：

（一）不可過事撏撦也淵鑑類函佩文韻府子史精華太平御覽羅列案頭任情漁獵藉博才子之名無裨比興之義是曰詩蠹宜著優人破欄衫一嘲謔之則思清而筆健矣

（一）不可墮入惡道也白香山老嫗皆解邵康節擊壤名篇無非下里之巴音祗堪擊甕而扣缶空疏者恃爲護符博雅者見而齒冷徒成調笑之詞不數優俳之作是曰詩諢祗應枚皋百廿篇不留隻字則志和而音雅矣

（一）不可俯徇人意也文以載道詩以言志非以媚悅也非供人之役使也黃金百斤陳皇后何嘗復幸素縑千軸韓昌黎徒付劉乂難逃諛墓之譏終有逐貧之賦是曰詩傭宜同唐寅賣文冊署以利市則品高而格峻矣

（一）不可昧於小學也凡將成而子虛上林之文奇方言作而長楊羽獵之辭麗廉頗相如完全平韻雲夢歲除須辨仄聲孟襄陽未免粗疏蘇子瞻尤嫌孟浪是曰詩盲萬難援杜陵才何例恕有兩說則音辨而訓確矣

(一)不可輕于詠物也詔桃無綠葉道杏有青枝自是惡詩無關弘旨詎比喻之得體聊塗澤以爲工終成餖飣之詞誰達物情之妙是曰詩匠非如子美樓桃詩難稱盡善則超然而玄遠矣

(一)不可浪賦豔情也美人香艸祗靈均能寄其牢愁神女高唐在宋玉已嫌其唐突奚況陳王洛浦徒蒙千古之誣卓氏琴心終負白頭之約是以元稹豔體牧之欲施以常刑山谷小詞老僧亦恐其犁舌是曰詩淫須念元亮閒情賦卻入選樓則詞修而誠立矣

凡茲六者咸關品節斤斤弗墜猶慁其疏而曰名士風流小德出入其可乎哉總之溫柔敦厚乃詩教之大原興觀羣怨亦作者所具備使吾徒而無意於詩乎姑弗深論不則耑心壹志師法孔門勿惑於詖辭毋動於邪說就識途之老馬指皇路兮馳驅則觀念自澄趨向自正湛然深入翻然深出而尙何煩予之諄諄戒飭耶爰書其語以弁諸端

中華民國十有六年一月十八日巢南陳去病書於富士之浩歌堂

綱要篇目

詩學綱要

吳江 陳去病學

第一篇 詩之名義

詩古文作訨从言从㞢㞢亦聲蓋言爲心聲心之所之謂之志則言之所之自當謂之訨故后夔典樂卽曰詩言志歌永言聲依詠律和聲（尚書舜典之辭）知詩之名義固定於唐虞之盛矣孔子亦云志之所之詩亦至也（禮記孔子閒居篇）言意有所往者則詞必能暢達也卜子夏詩序詩者志之所之也在心爲志發言爲詩故志與詩義皆从㞢荀子儒效詩言其志也賈子道德詩者此之志也說文詩志也釋名詩之也志之所之也綜觀諸家議論要旨一本虞書之旨而加以申明云爾

大凡人不能無情感有情感卽不能安于伊鬱而不發爲音聲班固所謂哀樂之心感而歌詠之聲發者是已因是喜者、怒者、哀者、懼者、愛者、惡者、欲者、綜七情之所同具卽莫不各有所發抒至發抒之而後長言永歎往復纏綿不求其爲文而文自工所謂無意爲文自成絕調此詩之所由來也然而一發乎情者往往不能自制而靡有所抵止譬如脫韁之馬將一往而不返則如之何其可也故作詩者不能不知所節制節制云者卽古人所謂發乎情止乎禮義是也詩緯得之故訓詩曰持劉彥和文心雕龍從之故明詩篇云詩者持也持人性情三百之蔽義歸無邪持之爲訓有符焉爾此則因詩之名義而充乎其量以言之者也

第二篇　詩之起原

或曰詩歌之作其起于何時耶以予攷之殆在未有文字之先乎如呂氏春秋謂葛天氏之樂三人操牛尾投足以歌八闋一曰載民二曰玄鳥三曰遂草木四曰奮五穀五曰敬天常六曰達帝功七曰依地德八曰總萬物之極則唐人踏歌之所昉也夏侯太初辨樂論謂伏羲氏因時興利敎民田魚時則有網罟之歌又後世漁唱之所託也今歌辭雖亡其名尚存不可謂太古之元音哉厥後伊耆氏有

蜡辭之作。曰。土反其宅。水歸其壑。昆蟲毋作。草木歸其澤。見禮記郊特牲篇孔疏伊耆氏爲神農。辨樂論亦云神農教民食穀。時則有豐年之詠。然則詩歌首篇。其惟蜡辭乎。而雕龍乃謂斷竹黃歌。實之至也。殆不然歟。吳越春秋越王欲謀伐吳范蠡進善射者陳音王問曰孤聞子善射道何所生對曰臣聞弩生于弓弓生于彈彈起于古之孝子不忍見父母爲禽獸所食故作彈以守之歌曰斷竹續竹飛土逐宍宍古肉字 顧其。詩歌已漸進步而有變化。如黃帝素問所載冊文云。太虛寥廓。肇基化元。萬物資始。五運終天。布氣眞靈。總統坤元。九星懸朗。七曜同旋。曰陰曰陽。曰柔曰剛。幽顯既位。寒暑弛張。生生化化。品物咸章。此非四言之長篇。而又能轉韻者耶。特僅見耳。按太公兵法有引黃帝語云日中不彗是謂失時操刀不割失利之期執柯不伐賊人將來涓涓不塞將爲江河熒熒不救炎炎奈何兩葉不去將用斧柯爲虺勿摧行將爲蛇亦頗警拔但不必果出黃帝耳故錄附于此 及唐虞之際。君明臣良。彬彬稱盛。其載于虞書者。固莫贊一辭。舜作歌曰股肱喜哉元首起哉百工熙哉皋陶拜手稽首乃賡載歌曰元首明哉股肱良哉庶事康哉又歌曰元首叢脞哉股肱惰哉萬事墮哉 卽散見他書者。亦皆雍容華貴。爾雅溫文。論語所謂煥乎其有文章也。今類纂之如下。

（一）君上之作。　堯戒　戰戰。慄慄。日謹一日。人莫躓于山。而躓于垤。（見淮南子人間訓）

舜卿雲歌　卿雲爛兮。糺縵縵兮。日月光華。旦復旦兮。

載歌　日月有常。星辰有行。四時順經。萬姓允誠。於予論樂。配天之靈。遷于賢善。莫不咸聽。鼚乎鼓之。軒乎舞之。菁華已竭。褰裳去之。（見尙書大傳）

南風歌　南風之薰兮。可以解吾民之慍（叶平）兮。南風之時兮。可以阜吾民之財兮。（家語舜彈五弦之琴歌南風之詩云云）

（二）羣臣之作。　八伯卿雲和歌　明明上天。爛然星陳。日月光華。弘于一人。（尙書大傳舜將禪禹于是俊乂百工相和而歌卿雲帝倡之八伯咸稽首而和帝乃載歌云云）

（三）老人之作。　擊壤歌　日出而作。日入而息。鑿井而飲。耕田而食。帝力何有于我（叶入聲）哉。（帝王世紀帝堯之世天下太和百姓無事有老人擊壤而歌云云）

（四）兒童之作。　康衢謠　立我蒸民。莫匪爾極。不識不知。順帝之則。（列子帝治天下

五十年不知天下治與不治與億兆願戴已與乃微服游于康衢聞兒童謠云云

(五)女子之作　狐綏綏　綏綏白狐九尾龐龐我家嘉夷來賓爲王成家成室我造彼昌天人之際于茲則行（見吳越春秋）　此外所傳皇娥白帝二歌乃王嘉僞作不錄

按上所述可知詩至唐虞固已被之管絃風靡草野矣且君倡臣和警戒周詳忠愛之忱溢于言表南風一操痌瘝在抱尤深飢溺之情以視漢武柏梁宴集秋風起興不瞠虖後耶夏代中衰詩亦罕觀

按夏世韻文除五子之歌外其見于左氏傳者祇有「惟彼陶唐帥彼天常有此冀方今失其行亂其紀綱乃滅而亡」一章見于墨子者則有「渝食于野萬舞翼翼章聞于天天用弗式」四句見於孟子者有「吾王不游吾何以休吾王不豫吾何以助」四語他未之見

商湯易禪讓爲征誅一時佐命元勳若阿衡仲虺諸臣莫不溫文爾雅炳蔚可觀

卽湯亦擅長文藝斐然成章觀于日新一銘詞旨賅括寄託遙深不亞唐堯之示戒也而尙書大傳劉向新序所引商代歌辭尤覺情文兼至悱惻動人固不特商頌一編爲聖門所著錄耳今略述如下

大傳湯誓云盍歸於亳盍歸於亳亳亦大矣覺兮較兮吾大命格兮去不善而就善兮何不樂兮

新序　江水沛沛兮舟楫敗兮我王廢兮趣歸薄兮（薄卽亳字）四牡蹻兮六轡沃兮去不善而從善何不樂矣

案二章當係一詩蓋夏臣歸商之所作也

商頌十三篇宋大夫正考甫得之周太師後亡其七故孔子所錄祇存那、烈祖、玄鳥、長發殷武五篇其詞駿發嚴厲祭天祀祖肅將明禋自係殷商一代遺文非周人手筆故樂記云溫良而能斷者宜歌商頌也至步玉旣更故都淪喪箕子麥秀之歌夷齊采薇之作愴懷家國悲從中來尤爲激楚令人不堪卒讀洵天地間之

正氣云爾

按箕子歌見尙書大傳麥秀漸漸兮禾黍油油彼狡童兮不我好仇

又伯夷歌從略

第三篇　詩學之成立

然則詩之爲學其創自后夔乎予曰唯唯否否后夔之所典者樂也其道在八音克諧蓋僅采取其詞按之入律使能歌詠耳猶之樂師選取歌曲製成宮譜但求合拍而不問其詩與歌曲之所以爲學也故朱子曰詩之作本爲言志而已方其詩也未有歌也及其歌也未有樂也以聲依永以律和聲則樂乃爲詩而作非詩爲樂而作也然則詩之爲學其肇自成周乎

按周禮春官太師敎六詩曰風曰賦曰比曰興曰雅曰頌卜子夏詩序謂爲六義鄭玄曰詩者弦歌諷諭之聲也唐虞始造其初至周分爲六詩風言聖賢治道之遺化也雅言今之正者以爲後世法頌之言誦也容也頌今之德廣以美之賦之

言鋪直鋪陳今之政教善惡比見今之失不敢斥言取比類以言之興見今之美嫌于媚諛取善事以勸諭之孔疏六義六詩其實一也予謂六詩是指其樂章而言太師樂官教人在歌詠故曰以六德爲之本以六律爲之音是也（見周禮）六義則專指其本質而言卽上文六德之德子夏承孔氏删詩之旨所釋在原理故康成之註最爲得之

又王昭禹云一國之事繫一人之本謂之風言天下之事形四方之風謂之雅美盛德之形容以其成功告于神明謂之頌風出于德性雅出于法度頌出于功業三者詩之體也直述其事而陳之謂之賦以其類而况之謂之比以其感發而比之謂之興三者詩之用也卽其章言之則曰六詩卽其理言之則曰六義太師教之以樂章故曰六詩其釋周禮尤允

或曰六詩六義旣獲聞之矣顧其道亦祇令太師教人誦習耳曷由使婦人女子皆擅謳吟篇什流傳至三千之衆甚至如春秋之際朝聘燕饗幾幾非賦詩必不

能成嘉禮其故何歟予曰此蓋自周公倡之後人慕效寖以成俗耳按周公以骨肉之親夾輔王室經營洛邑從民之俗羽觴隨波以落其成此鄭衛采蘭贈芍與後世上巳修禊之所昉也竊意當時自有賦詠特散佚不可知耳厥後管蔡流言鴟梟興感東征三載賦詩言志悱惻纏綿寧非爲騷賦之濫觴而靈均之先導乎因是風氣流傳浸成習尚勞人思婦感慨無端莫不婉轉哀呻長言永歎以發抒其抑鬱此綠衣燕燕諸作所繇彬彬稱盛也

仲尼知之故擷其菁英汰其繁蕪得三百十一篇勒成一書以爲法式而蔽以一言曰思無邪此即推本於周官六德爲本之旨而自爲之序也又因而傳之其子及其門人以自成其學故一則曰學詩乎不學詩無以言一則曰小子何莫學夫詩詩可以興可以觀可以羣可以怨邇之事父遠之事君多識于鳥獸草木之名其教誨之殷幾乎假年學易春秋筆削猶不如此其切摯也曷故亦以詩也者達性言情之本人人可學而能人人可學而知故其教宜取乎其廣而化育以弘非

若闢奧探奇義關幽隱而洞徹乎天人之際也故詩學之成以此 一〇
然則周之前不有商乎以成湯之德歷世之遠且長孔子為宋後何獨刪取其頌而它無所采乎抑魯亦諸侯耳其詩何獨列于頌曰商頌之采是尊商也亦見周以前六詩之名猶未備也孔子魯人師法周公故特取其頌亦見周禮之盡在魯也故曰吾自衛反魯然後樂正雅頌各得其所此孔子學詩之微恉也

第四篇　楚辭之勃興

或曰子夏傳詩誠如所聞矣然不有子游乎名列于四科文學之首而不聞其所傳習者何曷故言子蓋亦習詩者也不然弦歌之聲何由而得聞于武城小邑乎然則吳人有風詩否曰殆或有之惜乎開化遲而斬祚為速其傳于今者若蘆中漁父之歌梧宮悲秋之句一鱗片爪不足以蔚為鉅觀未若楚人之辭纏綿悱惻一往情深脫然與風雅異體以自成其絕調辨騷所謂軒翥詩人之後奮飛詞家之前金相玉質百世而無匹者此誠詩家唯一之革命軍也（吳越春秋伍員奔吳至江遇漁父歌曰日）

月昭昭乎寖已馳與子期乎蘆之漪又歌曰日已夕兮予心憂悲月已馳兮何不渡爲事寖急兮將奈何蘆中人豈非窮士乎此吳越春秋載夫差時童謠云梧宮秋吳王愁

吾鄉徐魯庵（名師曾）文體明辨云。楚辭。詩之變也。詩無楚風。然江漢間皆爲楚地。自文王化行。南國。漢廣江有汜諸詩列於二南。乃居十五國風之先。是詩雖無楚風。實爲風首。風雅既亡。乃有楚狂鳳兮孺子滄浪之歌。發乎情止乎禮義。與詩人六義不甚相遠。但其辭稍變詩之本體。而以兮字爲讀。則楚聲固已萌蘗于此矣。屈平後出。本詩義爲騷。蓋兼六義而賦之意居多。厥後宋玉繼作。並號楚辭。賦家悉祖此體。（鳳兮見論語則具莊子較詳滄浪見孟子）

余謂魯庵之說是也。惟云萌芽于楚狂孺子則非也。蓋楚辭者。卽項羽漢高所稱之楚歌。楚人之歌也。人楚辭楚。意亦楚。而其來則甚遠。且復中絕。故孔子不克列之于國風。然孔子實優爲之。今攷其體。蓋原本于虞廷之雅奏。觀乎南風卿雲諸作。昭昭在人耳目。降迨商季。孤竹二子采薇一歌。足爲正則之濫觴。而臨河楚聘之吟。龜山獲麟之歎。東家邱不獨得其傳哉。況三百篇中兮字成調。不勝枚舉。楚雖無風而其體之勃興固已不可復遏迨風雅盡亡而楚歌愈出接輿孺子之謳在春秋之季正楚辭代興之時耳孟子云詩亡而後春秋作余亦謂春秋作而後楚辭興嗚呼楚辭其檮杌之菁英哉

史記伯夷列傳載歌曰登彼西山兮采其薇矣以暴易暴兮不知其非矣神農虞夏忽焉沒兮我安適歸矣于嗟徂兮命之衰矣○水經注孔子適趙臨河不濟歎而作歌狄水衍兮風揚波舟楫顛倒更相加歸來歸來胡爲斯又孔叢子楚王使使奉金幣聘夫子孔子乃歌曰大道隱兮禮爲基賢人竄兮將待時天下如一兮欲何之又獲麟歌唐虞世兮麟鳳遊今非其時來何求麟兮麟兮我心憂又琴操季桓子受齊女樂孔子欲諫不得退而望龜山作歌曰予欲望魯兮龜山蔽之手無斧柯奈龜山何

馬遷屈原列傳謂離騷之作本于憂愁幽思而憂愁幽思又本于王聽之不聰讒諂之蔽明邪曲之害公方正之不容故曰離騷者猶離憂也蓋自怨生也國風好色而不淫小雅怨誹而不亂若離騷者可謂兼之矣上稱帝嚳下道齊桓中述湯武以刺世事明道德之廣崇治亂之條貫靡不畢見其文約其辭微其志潔其行廉其稱文小而其指極大舉類邇而見義遠其志潔故其稱物芳其行廉故死而不容自疏濯淖汚泥之中蟬蛻于濁穢以浮游塵埃之外不獲世之滋垢皭然泥

而不滓者也推此志也雖與日月爭光可也是故漢宣嗟歎以爲皆合經術揚雄諷咏亦云體同詩雅獨孟堅詆其露才揚己豈非彥和所謂鑒而弗精玩而未覈者耶要之靈均之作上薄風雅下開來今體慢于三代而振奇乎戰國取鎔經意自鑄偉辭喬皇瓌詭莫可方物絕艷驚才難與並駕焉已宋玉景差之徒亦通諷諭而專崇賦體情旨雖同要難與之並論矣

荀卿最後出（史記荀卿列傳考烈王八年爲楚蘭陵令上距懷襄之際逾三十餘年矣）儒雅能文兼工詩賦觀其佹詩琁玉瑤珠不知佩也嫫母力父是之喜也屬辭比事居然騷雅之遺音而成相一篇云請成相有義方愚闇愚闇墮賢良人主無賢如瞽無相何倀倀三言七言相間成文凡漢魏以來之樂府其字句長短錯落不齊實此篇開之故陳懋仁讀文章緣始名之爲詩洵不誣也然則若荀子者非周秦間唯一之詩人歟

第五篇　謠諺之雜出

謠諺者歌辭之流亞也以其出于里巷孺子之口詞多俚鄙而欠雅馴故采風者

甄而別之不錄于樂官以自示其限制亦詩者持也之義云爾按許氏說文謠作䚻云徒歌從言肉肉卽人聲蓋本諸詩園有桃章我歌且謠與爾雅釋樂徒歌曰謠是也初學記引爾雅注謂無絲竹之類獨歌之又引韓詩章句曰有章曲曰歌無章曲曰謠則謠之義亦略可見矣而詩正義又引孫炎云聲消搖也然則檀弓記孔子消搖于門而歌要卽此徒歌爲爾楊愼升庵詩話䚻从肉言出自胸臆童子歌曰童謠以其言出自胸臆不由人教也晉孟嘉云絲不如竹竹不如肉卽說文肉言之義蓋古詩聲調可以入樂若信口歌唱不拘聲律者則謠是也余謂太古本無音樂故未有歌詩卽有謠諺以其任心而出不由教練故信口長吟自成腔拍徵之載籍殆呂氏春秋所稱葛天操尾投足之歌乎

抑余考之謠又作繇並與猶通爾雅釋詁繇喜也註禮記曰人喜則新陶陶斯詠詠斯猶猶卽繇也古今字耳故漢書李尋傳人民謠俗亦直作繇而說文又作䌛隨從也又集韻直祐切左傳閔二年成風聞成季之繇註卦兆之占辭也易繫辭

註爻繇之辭所以明得失釋文服虔云抽也抽出吉凶也韋昭云由也吉凶所由生也由是觀之歌謠之作殆與爻繇之辭同具吉凶之徵而爲有天下國家者所警惕乎故丘明作傳鸜鵒鳳皇並爲箸錄明乎童謠龜卜皆有奇驗不可忽也然則謠繇云云一而二二而一者也

今考童謠之始當以康衢一章爲最古而最渾朴絕無悲愁諧謔之狀其次則滄浪一歌耳濯纓濯足自具天眞爛熳之致梧宮秋辭則淒而怨矣繇辭莫先于夏后之鑄鼎困學記聞云太卜三兆其頌皆千有二百夏后鑄鼎繇云逢逢白雲一南一北一西一東九鼎既成遷于三國用韻而不爲所拘章法甚奇亦韻文所特創也漢世童謠最盛而繇辭罕覯已

古謠附錄　康衢滄浪已見前不復贅

白雲謠 穆天子傳乙丑天子觴西王母于瑤池之上西王母爲天子謠曰

白雲在天丘隊古陵字自出道里悠遠山川閒之將子無死尙復能來

宋城者謳　左傳宣華元兵敗爲鄭所囚又逃歸也

睅其目。皤其腹。棄甲而復。于思同腮于思。棄甲復來。

驂乘答歌　華元使答之也

牛則有皮。犀兕尚多。棄甲則那。

役人又歌

從其有皮。丹漆若何。

鸜鵒謠　左傳昭二十五年鸜鵒來巢師已引童謠云云

鸜之鵒之。公出辱之。鸜鵒之羽。公在外野。往饋之馬。鸜鵒跦跦。公在乾侯。徵褰與襦。鸜鵒之巢。遠哉遙遙。裯父喪勞。宋父以驕。鸜鵒鸜鵒。往歌來哭。

宋築臺者謳　左傳皇國父爲太宰爲平公築臺妨乎農收子罕止之勿聽築者謳曰

澤門之皙。實興我役。邑中之黔。實慰我心。

越諺　風土記越俗性率朴初與人交有禮封土壇祭以犬雞祝曰

君乘車我戴笠他日相逢下車揖君擔簦我跨馬他日相逢爲君下

靈寶謠

（雜實要略吳王闔閭出游包山見一人自言姓山名隱居闔閭呼之乃入洞庭取素書一卷呈闔閭其文不可識令人齎之問孔子曰丘聞童謠云云）

吳王出遊觀震湖龍威丈人山隱居北上包山入靈墟乃入洞庭竊禹書天地大文不可舒此文長傳百六初若強取出喪國廬

孔子曳杖謠

（禮記）

泰山其頽矣梁山其壞矣哲人其萎矣

巴謠

（茅盈內傳秦始皇三十一年九月庚子茅盈高祖濛于華山之中乘雲駕龍白日昇天先是時有巴謠歌詞云云）

神仙得者茅初成駕龍上昇入太清時下玄洲戲赤城繼世而往在我盈帝若學之臘嘉平（始皇聞謠歌而問其故父老具對曰此仙人之謠歌勸帝求長生之術于是始皇欣然乃有尋仙之志因改臘月曰嘉平）

民謠

（三秦記）

武功太白去天三百孤雲兩角去天一握山水險阻黃金子午蛇盤鳥櫳勢與天

通。

蜀謠（河圖所引）

汶皐之山江出其腹帝以會昌神以建福（去病案汶皐即今岷山）

鳳皇繇（左傳陳氏卜妻敬仲其繇辭云云）

鳳皇于飛和鳴鏘鏘有嬀之後將育于姜五世其昌並于正卿八世之後莫之與京。

諺俗語也見禮大學釋文或曰俗言也見左傳（襄十一年）釋文韋昭注越語曰諺俗之善謠也說文諺傳言也按左傳襄十四年師曠對晉侯曰自王以下各有父兄子弟以補察其政史爲書瞽爲詩工誦箴諫大夫規誨士傳言庶人謗商旅于市百工獻藝諫失常也周語召公諫厲王曰天子聽政使公卿至於列士獻詩瞽獻典史獻書師箴瞍賦矇誦百工諫庶人傳語近臣盡規親戚補察瞽史教誨耆艾修之而後王斟酌焉是以事行而不悖左國所云傳言傳語當如鄭君所說之諺其

旨類多勸戒近乎六義之風詩大序上以風化下下以風刺上主文而譎諫言之者無罪聞之者足戒故曰風朱子詩敍凡詩之所謂風者多出于里巷歌謠之作然則謠諺非詩歌之流亞耶胡渭曰詩有采有陳按漢書藝文志古有采詩之官食貨志行人振木鐸循于路以采詩（師曠引夏書曰遒人以木鐸徇于路）此采詩之說也禮王制命太師陳詩以觀民風詩譜武王陳誦諸國之詩以觀民風俗此陳詩之說也然所采所陳雖均曰詩而據左國所載恐謠諺亦或在其中證諸孟子之夏諺左傳之周諺則謠諺之興不早在絃誦之先乎揚升庵云諺或作喭又作唁廛路淺言質直無華喪言不文故弔亦稱唁是諺又爲直率之辭而論語稱由也喭亦以其性行剛彊常吸喭失于禮容云爾此則謠之與諺固又微有差別已

諺語 附錄

左傳

山有木工則度之賓有禮主則擇之（晉羽父引周諺）

心苟無瑕何恤乎無家（晉士蔿引諺）

畏首畏尾身其餘幾（鄭子家引古語）

雖鞭之長不及馬腹

國語

獸惡其網民怨其上（單襄公引語）

衆心成城衆口鑠金（州鳩對周景王引諺）

從善如登從惡如崩（衛彪傒引諺）

韓非子

奔車之上無仲尼覆舟之下無伯夷

列子

生相憐死相捐（楊朱篇引諺）

人不婚宦情欲失半人不衣食君臣道息（古語）

孔子家語

相馬以輿相士以居

愼子

不聽不明不能爲王不瞽不聾不能爲公

魯連子

心誠憐白髮玄情不怡艷色媸

戰國策

寧爲雞口無爲牛後（蘇秦引鄙語說韓王合從）

削株掘根無與禍鄰禍乃不存（張儀說秦引語）

史記

蓬生麻中不扶自直白沙在泥與之皆黑

當斷不斷反受其亂（黃歇傳贊）

長袖善舞多錢善賈（蔡澤傳引韓非語）

農不如工工不如商刺繡文不如倚市門（貨殖傳）

漢書

狡兔死走狗烹飛鳥盡良弓藏敵國破漢臣亡（韓信傳）

不習爲吏視已成事（賈誼引鄙諺）

水至清則無魚人至察則無徒（東方朔客難）

千人所指無病而死（王嘉諫成帝益封董賢引里諺）

列女傳引古語

力田不如遇豐年力桑不如見國卿刺繡文不如倚市門

說苑

緜緜之葛在于曠野良工得之以爲絺紵良工不得枯死于野

劉向別錄引古語

唇亡而齒寒河水崩其壞在山

新序

蠹喙仆柱梁蚊芒走牛羊

風俗通

狐欲渡河無奈尾何

婦死腹悲惟身知之

縣官漫漫怨死者半

金不可作世不可度

桓子新論

人聞長安樂則出門而西向笑知肉味美則對屠門而大嚼

牟子 東漢人 牟融

少所見多所怪見橐駝言馬腫背

三二

要之謠諺一類三言四言最爲習見五言者次之二言及七言者又次之辭雖簡略而質直樸茂具有箴銘之旨殊未可以其鄙瑣而忽之也惟與漢魏以來五七言樂府古歌辭塗徑各異不容并作一譚而又不能以打油釘鉸覆瓿之作同類而共笑之庶謠諺之製得其眞矣

案唐有張打油作詠雪詩云江山一籠統井上黑窟籠黃狗身上白白狗身上腫俚鄙可笑人稱其所作爲打油詩　又有胡釘鉸者詩云忽聞梅福來相訪笑著荷衣出草堂兒童不慣見車馬爭入荷花深處藏蓬頭稚子學垂綸側坐蒼苔草映身路人借問遙招手恐畏魚驚不應人亦頗淺近　又伊周昌者號伊風子有題茶陵縣詩云茶陵一道好長街兩邊栽柳不栽槐夜後不聞更漏鼓只聽鎚芒織草鞋時謂之覆瓿體猶言淺俗也見太平廣記

又王士禛作唐人萬首絕句選凡例舉絕句之最可笑者如人主人臣是親家蜜蜂爲主各磨牙若敎過客都來喫采盡商山枳殼花兩人對坐無言語盡日唯聞

落子聲。今朝有酒今朝醉。明日愁來明日當。以爲當日如何下筆。後世如何竟傳。殆不可曉。余謂此皆空疏無實者之濫觴。其與有同病者。以其率易而便于文飾也。乃爭奉之爲圭臬。由是災梨禍棗。貽害至今。如俗所稱白話詩者。正不知詩爲何物。尚足與論篇章之奧旨耶。

第六篇　樂府之發軔

秦政焚坑。斯文道喪。北地已無風雅之可言。惟大江南北。楚歌極盛。項籍漢高。皆楚遺民。所製歌辭。並爲楚調。彬彬虖屈宋之嗣音哉。高祖既定天下。還過沛宮。酒酣擊筑。親製三侯之章。發沛中兒得百二十人。使和習之。以四時歌舞宗廟。卽初學記所謂漢歌曲有大風者是也。（亦見藝文類聚）又令唐山夫人別爲房中之歌十七章。三四七言。相錯成文。略如荀卿之成相。淵懿樸茂。格調高嚴。縱非雅頌之遺聲。亦屬楚歌之極軌。漢書禮樂志所謂凡樂樂其所生。禮不忘其本。高祖樂楚聲。故房中樂。楚聲也。信不誣哉。然當時他人所作。其聲調未必盡諧律呂。而能洽絃管者遂得自名其製爲詞爲曲以獨擅其長由是詩之與樂乃截然遂分爲兩馮班古今樂府論云古詩皆樂也文士爲之辭曰詩樂工協之於鐘呂爲樂自後世文士或不閑樂律言志之文乃有不可施於樂者故詩與樂畫境文士所造樂府如陳思王陸士衡於時謂之乖調劉彥和以爲無詔伶人故事謝絲管則是文人樂府亦有不諧鐘呂直自爲詩者矣夫聲詩三百初皆被之管絃故詩辭樂歌不分二體猶之兵寓於農卽兵卽農渾合無閒也自詩亡樂廢屈宋代興九章以抒情見推九歌以娛神合節而詩樂始漸趨乎兩歧漢興樂家雖有制氏以雅樂聲律世世在太樂官然但能紀其鏗鏘鼓舞而不能言其義叔孫通因之作宗廟樂亦徒有其名而無其詞孝惠帝二年命夏侯寬爲樂府令僅改房中歌爲安世樂他無所聞也文景兩朝習常肄舊曾未有所增損及孝武既定郊祀之禮乃立樂府采詩夜誦有趙代秦楚之謳又以李延年善歌新聲乃擢爲協律都尉與司馬相如枚皋等數十人略定律呂作十九章以次序其聲文多爾雅一經之士不能獨知

其事五經家皆相與習會共講肄之余讀其詞要亦頌聲之流也而彥和乃曰桂華雜曲（漢書禮樂志房中歌其七章曰桂華）麗而不經赤鴈羣篇（郊祀歌象載瑜十八太始三年行幸東海獲赤鴈作）靡而非典豈不以塗澤太工徵乖樂怡如汲黯所稱陛下得馬詩以爲歌先帝百姓豈知其音者耶（汲黯事見史記樂書雖龍引之）顧其時河閒獻王嘗集雅樂以進於帝而帝殊不以爲意僅下太樂官存肄以歲時備數而已嗚呼此雅樂之所繇寖衰而鄭聲日以諠聒歟今攷安世房中至李唐時亦名楚調又有平調清調瑟調皆周曲房中之遺聲（隋書禮樂志云周時末有房中樂至秦名壽人）漢世謂之三調與漢房中總謂之相和調見唐樂志然相和調實本于晉之荀勗嘗采舊辭施用于世謂之淸商三調沈約宋書所謂因絃管金石造歌以被之者也顧自是厥後凡漢代街陌謠謳如江南可采蓮烏生八九子白頭吟等並入樂章矣（見晉書樂志）此外漢時有鼓吹曲用之朝會道路即今所傳鐃歌十八曲是也又有用之軍中馬上者則謂之横吹曲殆亦後世塞上塞下與夫關山月紫騮馬諸曲之所昉也今取列安世房中以下諸曲次第如左俾

見漢魏以來樂府變遷之本末云。

唐山夫人安世房中歌十六章漢書禮樂志曰漢房中歌樂高祖唐山夫人所作也夫人高帝姬韋昭曰唐山姓也

大孝備矣。休德昭明。高張四縣。同懸樂充宮庭。芬樹羽林。雲景杳冥。金支秀華。庶旄翠旌。沈確士云末四句閃光靈響不專以典重見長

七始華始。肅倡和聲。神來晏娭。同嬉庶幾是聽。粥粥音送。細齊人情。忽乘青玄。熙事備成。清思眑眑。經緯冥冥。又云肅肅二語寫樂音深靜可補樂記之缺

我定曆數。人告其心。敕身齊戒。施教申申。乃立祖廟。敬明尊親。大矣孝熙。四極爰轃。

王侯秉德。其鄰翼翼。顯明昭式。清明鬯矣。皇帝孝德。竟全大功。撫安四極。

海內有姦。紛亂東北。詔撫成師。武臣承德。行樂交逆。簫勺羣慝。肅爲濟哉。蓋定燕國。

大海湯湯水所歸。高賢愉愉民所懷。太山崔。百卉殖。民何貴。貴有德。又云以下篇[illegible]

安其所。樂終產。樂終產。世繼緒。飛龍秋。游上天。高賢愉。樂民人。或遷各協音節之韻

豐年葽。女蘿施。善何如。誰能囘。大莫大。成敎德。長莫長。被無極。又云此章怨用比興

雷震震。電耀耀。明德鄉。治本約。治本約。澤弘大。加被寵。咸相保。德施大。世曼壽。

都荔遂芳。窅窊桂華。孝奏天儀。若日月光。乘玄四龍。囘馳北行。羽旄殷盛。芬哉芒芒。孝道隨世。我署文章。桂華沈云孝道隨世中府斯云逄孝也

馮馮翼翼。承天之則。吾易久遠。燭明四極。慈惠所愛。美若休德。杳杳冥冥。克綽永福。美芳劉履世曰桂華美芳宮二詩章名本側註在前篇之末傳寫之誤遂以冠後後闕無美芳亦當作美若

磑磑卽卽。師象山則。嗚呼孝哉。案撫戎國。蠻夷極懽。象來致福。兼臨是愛。終無兵革。禮樂志曰磑磑崇積也卽卽充實也

嘉薦芳矣。告靈饗矣。告靈既饗。德音孔臧。惟德之臧。建侯之常。承保天休。令聞不忘。承一作永聞一作問

皇皇鴻明。蕩侯休德。嘉承天和。伊樂厥福。在樂不荒。惟民之則。浚則師德。下民咸殖。令聞在舊。孔容翼翼。沈云規摹得體案漢書被則以下別爲一章今從樂府

孔容之常。承帝之明。下民之樂。子孫保光。承順溫良。受帝之光。嘉薦令芳。壽考不忘。

承帝明德。師象山則。雲施稱民。永受厥福。承容之常。承帝之明。下民安樂。受福無疆。沈云郊廟歌近頌房中歌近雅古奧中帶和平之音不膚不庸有典有則是西京極大文字○首言大孝備矣以下反反覆覆屬稱孝德漢朝數百年家法自此開出漢代廟號首冠以孝有以也

平調曲 二章案長歌行別有仙人騎白鹿岧岧山上亭二首又有猛虎行一章亦平調曲今從略

長歌行 古詩云長歌正激烈魏文燕歌行云短歌微吟不能長乃知歌聲自有長短也

青青園中葵。朝露待日晞。陽春布德澤。萬物生光輝。常恐秋節至。焜黃華葉衰。百川東到海。何時復西歸。少壯不努力。老大徒傷悲。沈德潛云陽春十字正大光明則康樂皇心美陽澤萬象咸光昭庶幾相類

君子行（亦見曹子建集）

君子防未然不處嫌疑間瓜田不納履李下不正冠嫂叔不親授長幼不比肩勞謙得其柄和光甚獨難周公下白屋吐哺不及餐一沐三握髮後世稱聖賢

清調曲（一章　宋清調則有塘上行一首爲晉樂所奏有董逃行爲漢游童所作今皆不錄）

相逢行（一云相逢狹路間行亦云長安有狹斜行）

相逢狹路間道隘不容車不知何年少夾轂問君家君家誠易知易知復難忘黃金爲君門白玉爲君堂堂上置尊酒作使邯鄲倡中庭生桂樹華燈何煌煌兄弟兩三人中子爲侍郎五日一來歸道上自生光黃金絡馬頭觀者盈道傍入門時左顧但見雙鴛鴦鴛鴦七十二羅列自成行音聲何噰噰鶴鳴東西廂大婦織綺羅中婦織流黃小婦無所爲挾瑟上高堂丈人且安坐調絲方未央（末段後人摘爲三婦之豔）

瑟調曲（五章　宋瑟調則有隴西行步出夏門行折楊柳行病婦行雁門太守行艷白鵠上留田行等今皆不錄）

善哉行（宋書樂志作古辭或說爲子建詩非也蓋子建自有爲日苦短一章云）

來日大難。口燥脣乾。今日相樂。皆當喜歡。解一經歷名山。芝草翻翻。仙人王喬。奉藥一丸。解二自惜袖短。內讀納手知寒。慚無靈輒。以報趙宣。解三月沒參橫。北斗闌干。親交在門。飢不及餐。解四歡日尚少。戚日苦多。以何忘憂。彈箏酒歌。解五淮南八公。要道不煩。參駕六龍。游戲雲端。六解○沈云此言來者難知勸人及時行樂也如云來餉如云報恩如云結客如云飲酒而仍終之以游仙繁會無大音渺恍惚○案此曲魏樂所奏

西門行

出西門。步念之。今日不作樂。當待何時。解一夫爲樂。爲樂當及時。何能坐愁怫鬱。當復待來茲。解二飲醇酒。炙肥牛。請呼心所歡。可用解愁憂。解三人生不滿百。常懷千歲憂。晝短苦夜長。何不秉燭遊。解四自非仙人王子喬。計會壽命難與期。自非仙人王子喬。計會壽命難與期。解五人壽非金石。年命安可期。貪財愛惜費。但爲後世嗤。解六○案此曲爲晉樂所奏

東門行

出東門不顧歸來入門悵欲悲盎中無斗儲還視桁上無懸衣拔劍出門去兒女牽衣啼他家但願富貴賤妾與君共餔糜共餔糜上用滄浪天故下爲黃口小兒句中或有闕字今時清廉難犯教言君復自愛莫爲非今時清廉難犯教言君復自愛莫爲非行吾去爲遲平愼行望君歸沈云如勸其安貧賤恐其觸法網餔糜之語豈在詠雄雌者下諧○既出復歸既歸復出功名兒女纏綿胸次情事歷歷如見○發沈一通丁寧反覆之詞末二句進以隱身涉世之道也○魏文帝歎何嘗行上悲滄浪之天下顧黃口小兒本此而語句易解

孤兒行

歌錄名孤兒生行亦曰放歌行

孤兒生孤兒遇生命當獨苦父母在時乘堅車駕駟馬叶滿補切父母已去兄嫂令我行賈南到九江東到齊與魯臘月來歸不敢自言苦頭多蟣蝨面目多塵大兄言辦飯大嫂言視馬叶上高堂行取同趨殿下堂古屋之高嚴通呼爲殿孤兒淚下如雨使我朝行汲暮得水來歸手爲錯足下無菲左傳共其屝屨屝草履也通作菲愴愴履霜中多蒺藜拔斷蒺藜腸肉中愴欲悲淚下渫渫清涕纍纍冬無複襦夏無單衣居生不樂不如早去下從地下黃泉春風動草萌芽三月蠶桑六月收瓜將是瓜車來到還家瓜車

反覆。同翻助我者少。啗瓜者多。願還我蒂。兄與嫂嚴。獨且急歸。當興校計。亂曰。里中一何譊譊。願欲寄尺書。將與地下父母。兄嫂難與久居。沈云停頓婉極古奧斷續無緒起落紙迹淚痕血點結撰而成樂府中有此一種筆墨○始用變韻次用支微齊韻次用歌麻韻次用霽韻末用魚虞韻中間有雙句不在韻內者如頭多蟣虱面目多塵上高堂行趨殿下紫等句故插曳其閒今讀者不能辨領耳○敘泉句乃一韻作處不露入韻內豈中間或有脫落耶至多與瓜本屬一韻下帶字乃另換韻也

豔歌行

翩翩堂前燕。冬藏夏來見。兄弟兩三人。流宕在他縣。故衣誰當補。新衣誰當綻。賴得賢主人。覽取為我組。古綻字夫壻從門來。斜倚西北眄。語卿且勿眄。水清石自見。石見何纍纍。遠行不如歸。沈云此居停之婦為客縫衣而其夫不免見疑也末云水清石見心跡自明矣然豈如歸去為得計乎賢主人指居停婦言○與陌上桑羽林郎同見性情之正國風之遺也

相和調曲

案相和漢舊曲也絲竹更相和執節者歌○又此曲有東光雞鳴烏生平陵東等均魏晉樂所奏今皆略之

箜篌引

崔豹古今注朝鮮津卒霍里子高晨起刺船有一白首狂夫被髮提壺亂流而渡其妻隨呼止之不及遂墮河而死妻援箜篌而歌之作公無渡河之曲聲甚悽愴曲終亦投河而死子高還語其妻麗玉麗玉傷之乃作箜篌而寫其聲名曰箜篌引

公無渡河。公竟渡河。墮河而死。當奈公何。沈云纏綿悽惻黃牛峽諸音節相似

江南 梁武帝作江南弄本此

江南可採蓮。蓮葉何田田。魚戲蓮葉間。魚戲蓮葉東。魚戲蓮葉西。魚戲蓮葉南。魚戲蓮葉北。沈云奇格

薤露歌 古今注薤露蒿里本出田橫門人橫自殺門人傷之爲作悲歌二章孝武時李延年分爲二曲薤露送王公貴人蒿里送士大夫庶人使挽柩者歌之亦謂之挽歌

薤上露。何易晞。露晞明朝更復落。人死一去何時歸。

蒿里歌

蒿里誰家地。聚斂魂魄無賢愚。鬼伯一何相催促。人命不得少踟躕。

陌上桑 一曰豔歌羅敷行

日出東南隅。照我秦氏樓。秦氏有好女。自名爲羅敷。羅敷喜蠶桑。採桑城南隅。青絲爲籠系。桂枝爲籠鉤。頭上倭墮髻。耳中明月珠。緗綺爲下裙。紫綺爲上襦。行者

見羅敷下擔捋髭鬚少年見羅敷脫帽著帩頭畊者忘其犂鋤者忘其鋤來歸相怨怒但坐觀羅敷（解一）使君從南來五馬立踟躕使君遣吏往問是誰家姝秦氏有好女自名爲羅敷羅敷年幾何二十尚不足十五頗有餘使君謝羅敷寧可共載不羅敷前致詞使君一何愚使君自有婦羅敷自有夫（解二）東方千餘騎夫壻居上頭何用識夫婿白馬從驪駒青絲繫馬尾黃金絡馬頭腰中鹿盧劍可値千萬餘十五府小史二十朝大夫三十侍中郎四十專城居爲人潔白皙鬑鬑頗有鬚盈盈公府步冉冉府中趨坐中數千人皆言夫壻殊（三解○沈云鋪敍直與辛延年羽林郎一副筆墨此樂府體別予古詩者在此○但坐觀羅敷坐緣也歸家怨怒寃人緣觀羅敷之故也○謝使君四語大義凜然末段極稱夫壻若有章法是古人入妙處○鋪中饒脚三頭字二隔字二餘字二夫字二聲字）

楚調平調清調瑟調及相和曲既具列于上矣他若吟歎曲大曲舞曲歌辭等今姑弗論蓋舉一足以反三無取乎累贅焉

第七篇　五言之特倡

自風雅變爲騷辭騷辭流爲樂府是古人所謂詩也者至漢世而殆寖焉衰微矣顧孰爲之而孰能振起之哉乃不意久之久之醞釀周而特然而有枚叔其人既成七發之篇以變革賦體又倡爲五言之詩作騷壇盟主一時奇材瑰傑若傅毅蘇李之倫莫不聞風興起競相仿造而五言之製乃特雄于西漢上繼風騷下開魏晉稿乎其爲詩家鼻祖劉彥和明詩篇云觀其結體散文直而不野婉轉附物怊悵切情實五言之冠冕豈虛語哉噫枚氏誠一代之詞宗也

鍾嶸詩品亦云李陵源出楚辭文多淒怨班姬源出李陵團扇短章辭旨清捷怨深文綺至秦嘉徐淑事既可傷文亦悽怨爲五言者不過數家而婦人居二

王士禛云風雅後有楚辭楚辭後有十九首風會變遷非緣人力然其源流則一而已矣河梁之作同一風味皆所謂驚心動魄一字千金者也又云樂府別其聲調體裁與古詩迥別然廬江小吏妻羽林郎陌上桑之類敘事措詞之妙愛不能割班姬怨歌行卓氏白頭吟被之樂府何非詩耶 古詩選敘錄

沈德潛說詩晬語古詩十九首不必一人之辭一時之作大率逐臣棄妻朋友闊絕游子他鄉死生新故之感或寓言或顯言或反覆言初無奇闢之思驚險之句而西京古詩皆在其下是爲國風之遺蘇李詩言情款款感寤具存無急言竭論而意自長神自遠使聽者油然善入不知其然而然廬江小吏妻詩共一千七百四十五言雜述十數人口中語而各肖其聲口性情眞化工筆也中別小姑一段悲愴之中自是溫厚唐人棄婦篇直用其語云憶我初來時小姑始扶牀今別小姑去小姑如我長而或轉語云回頭語小姑莫嫁如儂夫輕薄之言了無餘味此漢唐詩品之分

費錫璜漢詩總說云讀漢詩不可看作三代衣冠望而可畏須看得極雅妙極靈活極風艷極悲壯極典雅凡後人所謂妙處無不具之即如陽關一曲唐人送別絕調讀李陵三詩知從此化出陌上桑董嬌嬈即張王李韓輕艷之祖也紅塵蔽天地十五從軍征李杜悲壯之祖也冉冉歲云暮駱賓王白樂天皆祖之郊祀諸

詩顏謝韓昌黎皆祖之大抵六朝唐宋諸家多祖漢詩不能盡述又云古詩有箴有戒皆警惕之辭漢人結處多用之如努力崇明德皓首以爲期箴戒之辭也古詩有祝皆頌禱之意漢詩末句多用祝辭故曰漢人善學古人又云雞鳴相逢行靑靑陵上柏諸詩讀之見太平景象人民熙皡上至王侯下至平康北里皆優游宴樂爲盛世之音迄五噫於怨操等作多衰世之感

又云三代而後惟漢家風俗猶爲近古三代禮樂庶幾未衰吾于讀漢詩見之如陌上桑羽林郞隴西行始皆艷羨終止于禮艷歌行流宕他鄉而卒守之以正東門行盎無斗儲而夫婦相勉自受不爲非好色而不淫怨而不怒漢詩有焉

又云前輩稱曹子建謝朓李白工於發端然皆出于漢人試舉數句良時不再至離別在須臾携手上河梁游子暮何之黃鵠一遠別千里顧徘徊北方有佳人遺世而獨立雞鳴高樹顚狗吠深宮中天上何所有歷歷種白楡西北有高樓上與浮雲齊去者日以疏來者日以親紅塵蔽天地白日何冥冥上山采蘼蕪下山逢

故夫來日大難口燥脣乾日出入安窮大風起兮雲飛揚是豈六朝唐人所及太白輩對此等詩千迴百折讀之然後工于發端耳

又云讀漢詩如登峯造極溯水得源見衆山皆培塿江河皆支流一切唐宋皆屬雲礽覺語近而味薄體卑而格俚作如是觀者方謂之善讀漢詩

讀漢詩要見蘇李班張輩皆如在目前爲我兄事師事之人作如是觀者方謂之善讀漢詩

如上諸家所述可知今人學詩非從漢人五言入手不可所謂探河積石之源其流派自正也可不加之意哉又按漢初郊廟樂歌但是三言四言及長短句無所謂五言者文心雕龍云漢成帝品錄三百餘篇不見有五言蓋在西漢時五言猶屬剏體故甄錄不及迨武帝好尙文詞一時才人傑士各竭其心思才力騁奇抽秘創茲新體蓋亦天地自然有此一種文字及是時而造化不得不開其閫奧也彥和又云召南行露已肇半章孺子滄浪亦有全曲則五言久矣又曰四字密而

不促六字格而非綫或變之以三五蓋應機之權衡也鍾嶸又以夏歌鬱陶乎余心爲五言之濫觴余獨以爲若欲探源則伊耆蜡辭之草木歸其澤南風歌之薰分時兮尤爲久遠但祗可資爲談助不足以爲準則也不然三百篇中五言單句何可勝數而小雅之以介我稷黍以穀我士女彼有不穫穉此有不斂穧乃求千斯倉乃求萬斯箱等句均已連用五言特未製爲全篇耳至如或燕燕居息或盡瘁國事數句連用或字實開昌黎南山一詩此亦由于後人之善讀古詩未可以常理論也能善讀書則何處不可爲我師豈獨詩而已哉豈獨漢之五言詩而已哉要之四言詩淵懿樸茂體近方嚴楚詞活潑流動又過嫌其宕五言則尤得其中不過方亦不過宕故漢人尚焉學者由是而進窺風騷退察唐宋庶幾可以有會乎風人之旨而不難賦詠矣

第八篇　七言之嗣響

自五言古詩風靡一時而七言之體亦復斐然成章蓋漢武好尚文辭於樂府既

廣采新聲故于詩亦力崇新體以爲蘇李能倡五言予一人獨不可爲七言耶此柏梁告成所以有聯句之作也古文苑云武帝作柏梁臺詔羣臣二千石有能爲七言詩者乃得上坐帝曰日月星辰和四時自梁王以下作詩者二十五人今所傳柏梁詩是也由是觀之柏梁詩非七言之初祖耶然每人一句正如今之聯句並非一人全篇之作其一人能作全篇者當推漢昭帝之淋池歌爲首唱按王子年拾遺記時穿淋池中植芰荷帝時命水嬉畢景忘歸使宮人歌曰秋素景兮泛洪波揮纖手兮折芰荷涼風凄凄揚棹歌雲先開曙月低河萬歲爲樂豈云多此詩起句雖沿襲楚歌中襯兮字然下三句不完全七古耶至張衡四愁連綴四首而七言之體益著厥後如陳琳之飲馬長城窟魏文之燕歌行鮑明遠之行路難諸作從容滂沛酣暢淋漓允稱傑構學者能集而觀之得其旨矣顧劉彥和云七言亦出自詩騷孔沖遠舉如彼築室于道謀爲七言之始是已然此等斷句求之三百篇中甚衆如自今伊始歲其有君子有穀貽孫子交交黃鳥止于桑父曰嗟

予子行役以燕樂嘉賓之心送我乎淇之上矣學有緝熙于光明維昔之富不如時予其懲而毖後患等句皆是也要以單辭未能成篇不當據爲定論必欲繁稱博引則垓下大風何嘗不是甯戚飯牛安世房中更多名句如飯牛歌云短布單衣適至骭長夜漫漫何時旦房中歌大海蕩蕩水所歸高賢愉愉民所懷是然飯牛房中全篇尚未純粹七言垓下大風中間兮字全屬楚歌尤不得謂爲七言陽湖趙甌北陔餘叢攷謂漢初有鷄鳴歌云東方欲明星爛爛汝南晨鷄登壇喚曲終漏盡嚴具陳月沒星稀天下旦以此爲七言全篇庶幾近之至引皇娥倚瑟清歌云天清地曠浩茫茫萬象迴薄化無方浛天蕩蕩望滄滄乘桴輕漾著日傍當期何所至窮桑心知和樂悅未央詩雖七言然係王嘉僞託要不足信又如茅盈內傳所稱茅濛之先有巴謠歌辭云神仙得者茅初成駕龍上昇入太清時下玄洲戲赤城繼世而往在我盈帝若學之臘嘉平此亦漢人僞作非秦時歌也惟引靈樞經云凡刺小邪日以大補其不足乃無害視其所在迎之界此頗類似七言但亦未足謂之詩耳至就詩而論其斷句自以

擊壤歌帝力何有于我哉爲最古其次則南風歌之可以解吾民之慍可以阜吾民之財援顧亭林論楚辭例除去末一兮字亦可爲七言之祖然猶未若大禹玉牒辭祝融司方發其英沐日浴月百寶生二句爲完全七古也特未可信耳他若采薇歌之神農虞夏忽焉沒百里妻扊扅歌之今日富貴忘我爲以及孔子之臨河楚聘獲麟與夫成人之蠶則績而蟹有匡范則冠而蟬有緌漁父之與子期乎蘆之漪並易水歌水仙操齊杞梁妻琴歌越人歌越祝辭吳靈寶謠等俱可以屬七言要之名爲先例則可遽稱其爲七言詩則不可也蓋其文悉出漢人未可據爲信史耳（如史記風俗通水經注孔叢子琴苑要錄吳越春秋劉向說苑列女傳風土記[illegible]賈要略等皆是也）而亭林乃謂招魂大招去其些只卽是七言然則天問所稱簡狄在臺嚳何宜玄鳥致貽女何喜與還藏就岐何能依殷有惑婦何所譏又師望在肆昌何識鼓刀揚聲后何喜武發殺殷何所挹載尸集戰何所急又彭鏗斟雉帝何饗壽命永多夫何長中央共牧后何怒蠭蛾微命力何固驚女采薇鹿何祐北至囘水萃何喜兄有噬犬弟何欲易

之以百兩卒無祿薄暮雷電歸何憂厥嚴不奉帝何求伏匿穴處爰何云荆勳作師夫何長等句本無些只亦何不足當七言耶要以句調長短不齊而體製又屬辭賦故祗可以稱先例未遠可目之爲詩也至如吳越春秋所載窮刼等曲通首俱屬七言此本後漢趙長君作不得謂吳越時即有此體如白起爲戰國時人在伍胥之後而窮刼篇反引之以比伍胥尤顯然可見其僞據長君本傳謂其作吳越春秋詩細蔡邕讀而歎息益可信諸詩爲君長作矣既已辨明眞僞更錄漢以來篇什如下藉以知七言之源流正變云爾

漢武帝柏梁臺倡和

日月星辰和四時（皇帝）驂駕駟馬從梁來（梁王）郡國士馬羽林材（大司馬）總領天下誠難治（丞相）和撫四夷不易哉（大將軍）刀筆之吏臣執之（御史大夫）撞鐘伐鼓聲中詩（太常）宗室廣大日益滋（宗正）周衛交戟禁不時（衛尉）總領從宗柏梁臺（光祿勳）平理淸讞決嫌疑（廷尉）修飭輿馬待駕來（太僕）郡國吏功差次之（大鴻臚）乘輿御物主治之（少府）陳粟萬石揚以箕

徵道宮下隨討治。大司農　三輔盜賊天下危。執金吾　盜阻南山爲民災。左馮翊　外家公主不可治。右扶風　椒房率更領其材。京兆尹　蠻夷朝賀常會期。詹事　柱枅欂櫨相枝持。典屬國　枇杷橘栗桃李梅。大匠　走狗逐兎張罘罳。太官令　齧妃女脣甘如飴。上林令　迫窘詰屈幾窮哉。郭舍人　東方朔

靈帝招商歌

涼風起兮日照渠。青荷晝偃葉夜舒。惟日不足樂有餘。淸絲流管歌玉凫。曲名　千年萬歲嘉難踰。拾遺記渠中植蓮大如蓋長一丈南國所獻其葉夜舒晝卷名夜舒荷

馬援武溪深行

滔滔武溪一何深。鳥飛不度獸不敢臨。嗟哉武溪多毒淫。

張衡四愁詩

我所思兮在太山。欲往從之梁甫艱。側身東望涕霑翰。美人贈我金錯刀。何以報之英瓊瑤。路遠莫致倚逍遙。何爲懷憂心煩勞。

我所思兮在桂林。欲往從之湘水深。側身南望涕沾襟。美人贈我金琅玕。何以報之雙玉盤。路遠莫致倚惆悵。何爲懷憂心煩怏。（一作傷）

我所思兮在漢陽。欲往從之隴坂長。側身西望涕沾裳。美人贈我貂襜褕。何以報之明月珠。路遠莫致倚踟躕。何爲懷憂心煩紆。

我所思兮在雁門。欲往從之雪紛紛。側身北望涕沾巾。美人贈我錦繡段。何以報之青玉案。路遠莫致倚增歎。何爲懷憂心煩惋。

李尤九曲歌

年歲晚暮時已斜。安得力士翻日車。（下闕）

王逸琴思楚歌

盛陰修夜何難曉。思念糾戾腸摧繞。時節晚莫年齒老。冬夏更遞去若頹。寒來暑往難逐追。形容減少顏色虧。時忽晻晻若鶩馳。意中私喜施用爲。內無所恃失本義。志願不得心肝沸。憂懷感結重歎噫。歲月已盡去奄忽。亡官失祿去家室。思想

君命幸復位久處無成卒放棄

案逸嘗注楚辭故其詩似之並由此可悟七古之來源云

陳琳飲馬長城窟行

飲馬長城窟水寒傷馬骨往謂長城吏愼莫稽留太原卒官作自有程舉築諧汝聲男兒寧當格鬬死何能怫鬱築長城長城何連連連連三千里邊城多健少內舍多寡婦作書與內舍便嫁莫留住善事新姑章時時念我故夫子報書往邊地君今出語一何鄙身在禍難中何爲稽留他家子生男愼莫舉生女哺用脯君獨不見長城下死人骸骨相撐拄結髮行事君慊慊心意關明知邊地苦賤妾何能久自全

魏文帝燕歌行 二首錄一

秋風蕭瑟天氣涼草木搖落露爲霜羣燕辭歸雁南翔念君客游多思腸慊慊思歸戀故鄉君何淹留寄他方賤妾煢煢守空房憂來思君不可忘不覺淚下沾衣

冥援琴鳴絃發清商短歌微吟不能長明月皎皎照我牀星漢西流夜未央牽牛織女遙相望爾獨何辜限河梁（案明帝有燕歌行亦七言今从略）

按上所述七古之製可略見一斑自晉以後作者紛起鮑照之外若傅玄之兩儀謝道韞之詠雪梁武帝之河中之水東飛伯勞無名氏之木蘭皆佳什也至如漢鐃歌之戰城南臨高臺古辭之平陵東淮南王及晉代之白紵舞歌詩隴上歌等雖甚英妙但均屬樂府茲不贅云

第九篇　雜言之紛起

五七言既聯翩而起漢人之於詩章亦極製作之精能矣顧尚不祇此而有六言八言等作以爭炫其奇烏虖盛哉攷六言詩句任昉云起于漢司農谷永但已不傳厥後孔融爲之特工故後漢書本傳于所著詩頌碑策表檄外特載六言以示矜異今世所傳漢家中葉道微三章是也乃劉勰以爲六言七言雜出詩騷陽湖趙翼舉詩謂爾還于王都曰予未有家室二語爲證良是至離騷諸篇凡次句之

叶韻者如朕皇考曰伯庸惟庚寅吾以降此類甚繁不勝枚舉特上句藉兮字爲語助未能全篇一律耳意者谷永鑑于新體之繁變故原本風騷踵搠斯什蘄與五七言相參錯其用思亦殊巧矣北海嗣興人材蠭出若曹子桓之黎陽寡婦及答羣臣勸進時之自述所作與嵇叔夜之惟上古堯舜十首傅休奕之歷九秋篇董逃行陸士衡之董逃、上留田、飲酒樂夏侯湛之苦寒謠湛方生之懷歸謠秋夜詩遊園詠以及蘇若蘭璇璣圖之所繹出者名章雋句蔚焉彝玢則六言亦不甚茂美乎哉乃趙氏竟云孔詩不傳又云北史陽俊之作六言歌詞世俗流傳名爲陽五伴侶寫而賣之俊之嘗過市欲取而改之賣者曰陽五古之賢人君何所知輒敢議論俊之大喜以爲陽五以此見長且世俗競相倣傚也而今亦不傳謂此體非天地自然之音節故雖工而終不入大方之家豈其然歟

顧趙氏又謂古六言詩之可見者如文選註引董仲舒琴歌二句樂府月穆穆以金波日華耀以宣明邊孝先解嘲寐與周公通夢靜與孔子同意滿歌行命如鑿

石見火居世竟能幾時及北史綦連猛傳童謠云七月刈禾太早九月噉羔未好本欲尋山射虎激箭旁中趙老唐書中宗賜宴羣臣李景伯歌曰迴波爾持酒巵微臣職在箴規侍宴既過三爵喧嘩竊恐非宜以爲皆史傳所載之六言詩就余觀之李景伯一歌己屬詩餘此外凡琴歌樂府解嘲童謠厥體均殊自不必引爲同調而王摩詰等之創爲絕句小律洵屬波峭可喜李白又變爲小令如清平樂下半闋等則誠可謂強弩之末而勢穿魯縞者己

八言詩於古絕少在漢時惟東方朔能之按漢書東方朔傳朔有八言七言上下晉灼曰八言七言詩各有上下篇者是也惜今已不傳或云漢高大風武帝秋風瓠子等歌其中咸有八言但此均楚辭用兮字作語助不得遽以爲詩也徐伯魯謂毛詩胡瞻爾庭有縣貆兮我不敢傚我友自逸等句係屬八言然兮字亦屬語助未爲允當惟趙鷗北引舊唐書盧羣在吳少誠席上作歌諷之曰祥瑞不在鳳皇麒麟太平須得邊將忠臣但得百僚師長肝膽不用三軍羅綺金銀指是通首

八言是也他如李長吉酒不到劉伶墳上土宋人李端叔題王循書院壁有云不
愛爾酒泉百尺深不愛爾庭樹千丈陰元人戴帥初題范文正公黃素小楷詩有
耳不聽下里巴音有手不寫劇秦美新以爲此七言詩亦具有八言句也余案詩
我生之初尚無爲我生之後逢此百罹上句七言次句八言亦甚明瞭而漢時李
延年寧不知傾城與傾國句亦八言特一鱗片爪未見全篇耳
至六八言外又有一二三言及九言者顧寧人據緇衣章敝字還字趙鳴北據吳
志歷陽山石文楚九州渚吳九州都吳楚各爲句是也余按漢武思李夫人歌翩
何姍姍其來遲翩字亦自爲句不當連下六字讀也二字則祈父肇湮劉勰己自
引之然尚非兩字卽成一韻趙氏引老子法本章琭琭如玉落落如石立戒章知
足不辱知止不殆史記淳于髡述田家祝詞甌窶滿篝汙邪滿車及吳越春秋黃
竹歌斷竹續竹飛土逐肉則竟以兩字相叶矣輟耕錄載虞伯生詠蜀漢事曰鼎
與三顧茅廬漢祚難扶日暮桑榆深渡南瀘長驅西蜀力拒東吳美乎周瑜妙術

悲夫關羽云殂天數盈虛造物乘除問汝何如早賦歸歟此又通首皆兩字一韻
更前人所未有也中州韻入聲似平聲故蜀術等字皆與魚虞相叶古來通首二
言詩惟此一首余按如趙氏言則擊壤歌之日出而作日入而息尤見其古而漢
鐃歌十八曲中之朱鷺上陵芳樹上邪石留等首句皆二字特大半不可曉耳
若三言詩據晉摯虞文章流別論謂毛詩之振振鷺鷺于飛之屬是也梁任昉文
章緣始謂晉散騎常侍夏侯湛所作金玉詩話謂起于魏高貴鄉公而劉勰則引
喜起歌爲三言之首以爲詩之有三五言多成于西漢其說良是蓋國風山有榛
隰有苓周頌綏萬邦屢豐年之類古詩原有此句法他若大戴記之帶銘杖銘衣
銘甯戚之飯牛百里妻之琴歌與夫越諸歌等句皆有三言特未見爲全篇耳至
安世房中歌豐草葽雷震震二章郊祀歌練時日太乙既天馬徠實創斯體厥後
如五雜組詩云五雜組岡頭草往後還旱馬道不獲已人將老以及薤上露平陵
東出西門出東門淮南王上金殿一尺布穎水濤無說說諧不諧城上烏舉秀才

千里草黃金車等歌謠百出不勝枚舉要之皆三言類也而蘇伯玉妻盤中一詩允推傑出非並時所能及也趙氏又謂劉伯溫集有思美人一篇懷麓堂詩話謂羅仲明舉樹處二韻迫西涯題扇立成揚風帆出江樹家遙遙在何處一首又鄭人金墇專工三言多至千篇今已不傳而朱竹垞查初白閒亦爲之然則三言固至于今未絕歟

昭明文選序云少則三字多則九言各體互興分鑣並驅可知三言九言當時作者甚盛摯虞文章流別論謂九言者泂酌彼行潦挹彼注茲之屬是也而顏延之非之謂詩體本無九言摯虞之論未可爲據孔仲遠毛詩疏亦云詩句更不見有九字十字者由聲度闡緩不協金石也而任昉文章原始則云九言創自魏高貴鄉公惜今已不傳懷麓堂詩話又謂鮑明遠沈休文亦有之唐則李白蜀道難上有六龍廻日之高標下有衝波逆折之廻湍杜集中炯如一段清冰出萬壑置在迎風露寒之玉壺是也案明遠九言見于所擬之行路難如洛陽名工鑄爲金

博山念此死生變化非常理閨中孀居獨宿有貞名男兒生世轗軻欲何道皆是也休文則今未之見場升庵又引杜詩男兒生不成名死已老爲九言之始顧寧人則引凛乎若朽索之馭六馬爲九言之始然非通首皆九言也其通體爲九言者趙甌北據珊瑚網載元時天目山僧明本有梅花詩云昨夜東風吹折中林梢渡口小艇滾入沙山坳野樹古梅獨臥寒屋角疏影橫斜暗上書窗敲半枯半活幾個撅蓓蕾欲開未開數點含香苞縱使畫工善畫也縮手我愛清香故把新詩嘲此誠通體皆九言也又謂升庵梅花詩云元冬小春十月微陽回綠萼梅蕊早傍南枝開折贈未寄陸凱隴頭去相思忽到盧仝窗下來歌殘水調沉珠明月浦舞破山香碎玉淩風臺錯認高樓三弄叫雲笛無奈二十四番花信催此則又創爲九言律矣余按九言詩吾鄉殷侍郎兆鏞所著齊莊中正齋集中頗多但求之古人究以宋謝莊白帝辭南齊謝朓雩祭歌辭爲最先甌北所引未免失之疏漏矣要之就詩而論五七言源流遠大自是正派其他雜言不過矜奇炫巧取快一

時未可以爲恆訓。因推原漢詩本末。故備著之。藉明嚮往云爾。其漢以來所製六八言等作。悉附後。資攷證焉。

孔融六言詩三首

漢家中葉道微。董卓作亂乘衰。僭上虐下專威。萬官惶怖莫違。百姓慘慘心悲。郭李分爭爲非。遷都長安思歸。瞻望關東可哀。夢想曹公歸來。

從洛到許巍巍。曹公憂國無私。減去廚膳甘肥。羣僚率從祈祈。雖得俸祿常飢。念我苦寒心悲。

魏文帝黎陽作一首

奉辭討罪遐征。晨過黎山巉崢。東濟黃河金營。北觀故宅頊傾。中有高樓亭亭。荊棘繞蕃叢生。南望果園青青。霜露慘悽宵零。彼桑梓兮傷情。

又答羣臣勸進時自述所作 漢獻帝傳曰太史丞許芝條上魏王代漢讖緯王令曰昔周文王三分天下有其二以服事殷公旦履天子之籍攝天子之斷能終復子明辟吾雖德不及二聖敢忘高山景行之義哉吾作詩云云雖欲守此辭以自終卒不虛言也

喪亂。悠悠。過犯。白骨。從橫。萬里。哀哀。下民。靡恃。吾將。以。（或作佐）時。整理。復子。明辟。致仕。

嵇康六言十首

惟上古堯舜

二人。功德。齊均。不以。天下。私親。高尚。簡樸。玆順。寧濟。四海。烝民。

唐虞世道治

萬國。穆親。無事。賢愚。各自。得志。晏然。逸豫。內忘。佳哉。爾時。可喜。

知慧用○○

爲法。滋章。寇生。紛然。相召。不停。大人。玄寂。無聲。鎭之。以靜。自正。

名與身孰親

哀哉。世俗。徇榮。馳騖。竭力。喪精。得失。相紛。憂驚。自是。勤苦。不寧。

生生厚招咎

金玉滿堂莫守古人安此粗醜獨以道德爲友故能延期不朽

名行顯患滋

位高勢重禍基美色伐性不疑厚味腊毒難治如何貪人不思

東方朔至淸

外以貪汚內眞穢身滑稽隱名不爲世累所擇所欲不足無營

楚子文善仕

三爲令尹不喜柳下降身蒙耻不以爵祿爲己靖恭古惟文子

老萊妻賢名

不願夫子相荆相將避祿隱耕樂道閒居採萍終厲高節不傾

嗟古賢原憲

棄背膏粱朱顏樂此屢空饑寒形陋體逸心寬得志一世無患

傳玄歷九秋篇董逃行　玉臺新詠

歷九秋兮三春，遣貴客兮遠賓。顧多君心所親，乃命妙伎才人，炳若日月星辰。其一

序金罍兮玉觴，賓主遞起雁行。杯若飛電絕光，交觴接卮結裳，慷慨歡笑萬方。其二

奏新詩兮夫君，爛然虎變龍文。渾如天地未分，齊謳楚舞紛紛，歌聲上激青雲。其三

窮八音兮異倫，奇聲靡靡每新。微笑素齒丹脣，逸響飛薄梁塵，精爽眇眇入神。其四

坐咸醉兮沾歡，引樽促席臨軒。進爵獻壽翩翩，千秋要君一言，願愛不移若山。其五

君恩愛兮不竭，譬若朝日夕月。此景萬里不絕，長保初醮結髮，何憂坐生胡越。其六

携弱手兮金環，上游飛閣雲間。穆若鴛鳳雙鸞，還幸蘭房自安，娛心極意難原。其七

樂既極兮多懷，盛時忽逝若頹。寒暑革御景迴，春榮隨風飄摧，感物動心增哀。其八

妾受命兮孤虛，男兒墮地稱姝。女弱雖存若無，骨肉至親更疏，奉事他人託軀。其九

君如影兮隨形，賤妾如水浮萍。明月不能常盈，誰能無根保榮，良時冉冉代征。其十

顧繡領兮含輝，皎日回光側微。朱華忽爾漸衰，影欲捨形高飛，誰言往恩可追。其十一

齊與麥兮夏零，蘭桂踐霜逾馨。祿命懸天難明，妾心結意丹青，何憂君心中傾。

六十一

案選詩拾遺云此篇髣髴懷感如在目前經緯情感若探衷曲宮商曾叠綺繪斐亹其言有文焉其聲有永焉惜不知何人之詞非相如枚乘其誰能爲之走僵李杜不能及矣嗚呼美矣盡矣麗矣則矣當爲百世六言之祖也余謂枚馬雖不足徵而其詩誠偉觀耳至士衡之飲酒樂郭茂倩樂府名還臺樂謂是陳陸瓊作今以文繁故并他詩悉略之不復及云

練時日 漢郊祀歌十九首之一下天馬二歌同

練時日候有望焫膋蕭延四方九重開靈之斿垂惠恩鴻祜休靈之車結玄雲駕飛龍羽旄紛靈之下若風馬左蒼龍右白虎靈之來神哉沛先以雨般裔裔靈之至慶陰陰相放悉震澹心靈已坐五音飭虞至旦承靈億牲繭栗粢盛香尊桂酒賓八鄉靈安留吟青黃徧觀此眺瑤堂衆嫭並綽奇麗顏如荼兆逐靡被華文廁霧縠曳阿錫珮珠玉俠嘉夜茝蘭芳澹容與獻嘉觴 俠與挾同

天馬歌

漢書武帝紀曰元狩四年秋馬生渥洼水中作天馬之歌大初四年春貳師將軍李廣利斬大宛王首獲汗血馬來作西極天馬之歌

太一貺天馬下霑赤汗沫流赭志俶儻精權奇籋（音躡）浮雲晻上馳體容與迣（同厲）萬里今安匹龍爲友

天馬徠從西極涉流沙九夷服天馬徠出泉水虎脊兩化若鬼天馬徠歷無阜（同草）經千里循東道天馬徠執徐時將搖舉誰與期天馬徠開遠門竦予身逝昆侖天馬徠龍之媒游閶闔觀玉臺

蘇伯玉妻盤中詩

山樹高鳥鳴悲泉水深鯉魚肥空倉雀常苦飢吏人婦會夫稀出門望見白衣謂當是而更非還入門中心悲北上堂西入階急機絞杼聲催長嘆息當語誰君有行妾念之出有日還無期結中帶長相思君忘妾未知之妾忘君罪當治妾有行宜知之黃者金白者玉高者山下者谷姓爲蘇字伯玉人才多智謀足家居長安身在蜀何惜馬蹄歸不數羊肉千斤酒百斛令君馬肥麥與粟今時人智不足與

其書不能讀當從中央周四角

宋謝莊白帝歌（明堂歌九首之一通典曰孝武建元元年使謝莊造郊廟舞樂明堂諸樂歌辭南齊書樂志曰明堂祠五帝漢郊祀歌皆四言宋孝武使謝莊造辭莊依五行數木數用三火數用七土數用五金數用九水數用六）

百川如鏡天地爽且明雲沖氣舉德盛在素精木葉初下洞庭始揚波夜光徹地翻霜照懸河庶類收成歲功行欲寧沃地奉渥罄宇承秋（一作帝）靈

齊謝朓白帝歌三章（雩祭歌八首之一南齊書樂志曰建武二年雩祭明堂謝朓造辭一依謝莊）

帝說于兌執矩固司藏百川收潦精景應金方（樂府作徂廢）

嘉樹離披榆關命賓鳥夜月如霜金（樂府作秋）風方嫋嫋

商陰肅殺萬寶咸已（樂府亦作）遒勞哉望歲場功冀可收

如上所列六言三言九言凡漢魏以降詩體大要具于是矣然三言六言可學九言不可學以氣勢難于振拔也人苟能于五七言極意探討得其要領已足以抒寫性情吐露胸肌何必貪多務獲涉獵不精終無裨益耶此區區所以深願乎博

觀而約守也

第十篇　建安七子之競爽

建安七子者何孔融王粲徐幹陳琳阮瑀應瑒劉楨是也曹子桓典論論文有云今之文人魯國孔融文舉廣陵陳琳孔璋山陽王粲仲宣北海徐幹偉長陳留阮瑀元瑜汝南應瑒德璉東平劉楨公幹斯七子者於學無所遺於辭無所假咸以馳騁驥騄於千里仰齊足而並馳以此相服亦良難矣又云王粲長於辭賦徐幹時有齊氣然粲之匹也琳瑀之章表書記今之雋也應瑒和而不壯劉楨壯而不密孔融體氣高妙有過人者然不能持論理不勝詞至於雜以及其所善揚班儔也又與吳質書云觀古今文人類不護細行鮮能以名節自立而偉長獨懷文抱質恬淡寡欲有箕山之志可謂彬彬君子者矣德璉常斐然有述作之意其才學足以著書孔璋表章殊健微爲繁富公幹有逸氣但未遒耳其五言詩之善者妙絕時人元瑜書記翩翩致足樂也仲宣續（一作獨）自善於辭賦惜其體弱不足起其

文至於所著古人無以遠過曹子建與楊德祖書亦云昔仲宣獨步於漢南孔璋鷹揚於河朔偉長擅名於青土公幹振藻於海隅德璉發跡於此魏足下高視於上京當此之時人人自謂握靈蛇之珠家家自謂抱荆山之玉吾王於是設天網以該之頓八紘以掩之今悉集兹國矣又云以孔璋之才不閑於辭賦而多自謂能與司馬長卿同風譬畫虎不成反爲狗也由是觀之知七子之競爽實由乎二子之騰譽可無疑也顧其人既爲魏武所引用而仍繫以建安者則以其沒均在漢世而其所著猶系漢製耳故淸儒錢大昭補續漢書藝文志孔融集十卷徐幹中論二卷王粲集十一卷陳琳集十卷阮瑀集五卷盡列其間編次允相得矣大抵七子之才均偏於筆札獨仲宣擅長辭賦高挹羣倫雖稍涉綺麗而眞實有餘灞陵一篇沈約謂其不傍經史直舉胸臆皎然許其知詩四言尤温厚典則深得小雅之遺音劉楨彩筆風馳逸情雲上陳思以下當推獨步徐幹栩栩生情是自詩中小品應瑒巧思逶迤失之靡曼其弟應璩感時憤事頗多規諷而譎諫傷媚

未暇振拔也然而所以結兩漢之局開魏晉之派者實由于此太白詩云蓬萊文章建安骨不其然歟至於蔡女工吟允爲並時之秀觀其所作激昂慷慨頗雜邊塞之氣而哀感動人有逾蘇李班婕妤後閨閣人材殆無倫比推原其故良由處境之奇迫而至此昔人所云詩必窮而後工信不誣也七子事略附後備稽攷云

孔融字文舉魯國人孔子之後少有重名舉高第爲侍御史遷虎賁中郎將以忤董卓轉議郎出爲北海太守累遷太中大夫數以書爭曹操爲操所害善爲銘詩賦頌六言爲建安七子之首有集五卷嘗離合作郡姓名字詩漁父屈節水潛匿方（離魚字）與時進止出行施張（離日字魚日合成魯）呂公磯釣闔口渭傍（離口字）九域有聖無土不王（離或字口或合成國）好是正直女回於匡（離子字）海外有截隼逝鷹揚（當離乙字合成孔也惟古今文字不同俟再考）六翮將奮羽儀未彰（離羽字）蛇龍之蟄俾也可忘（離虫融合成字）玟璇隱曜美玉韞光（去玉成文下須合）無名無譽放言深藏（離與字）按轡安行誰謂路長（離才字合成舉）離奇怪誕實所罕見允與六言詩並稱雙絕而臨終一章就足貽後來者之警悟因亟錄之言多令事

敗。器。漏。苦。不。密。河。潰。蟻。孔。端。山。壞。由。猿。穴。涓。涓。江。漢。流。天。窗。通。冥。室。讒。邪。害。公。正。浮。雲。翳。白。日。靡。辭。無。忠。誠。繁。華。竟。不。實。人。有。兩。三。心。安。能。合。爲。一。三。人。成。市。虎。浸。漬。解。膠。漆。生。存。多。所。慮。長。寢。萬。事。畢。

王粲、字仲宣。山陽高平人。有異才。漢獻帝西遷。因徙居長安。後之荆州依劉表。表卒。曹操辟爲丞相掾。賜爵關內侯。拜侍中。建安二十二年卒。有去乏之論集三卷。漢末英雄記十卷。集十一卷。其所與蔡子篤、及文叔良、士孫文始、楊德祖詩。及爲潘文則作思親詩。俱爲摯虞所。稱。（文章流別）所。謂。其。文。富。而。整。皆。近。乎。雅。也。（今贈楊修詩未見）今。

按。其。作。蕎。藎。四。言。云。然。猶。未。若。七哀詩。之。感。懷。身。世。足。與。登樓。一。賦。相。輝。映。也。

陳琳、字孔璋。廣陵人。避難冀州。袁紹使典文章。袁氏敗後。歸太祖。太祖使琳與阮瑀。並爲司空軍謀祭酒。管記室。軍國書檄。多琳瑀所作也。徙門下督。有集十卷。今

按其詩。惟飲馬長城窟。行。敘。述。邊。地。之。苦。頗。爲。切。至。而。一。篇。之。中。官。吏。督。責。夫。婦。書。問。其。聲。口。之。嚴。厲。哀。戚。莫。不。惟。妙。惟。肖。洵羽林羅敷之。流。亞。也。

徐幹字偉長北海人爲司空軍謀祭酒掾屬五官中郎將文學以道德見稱曹子桓特推重之嘗謂其著中論二十餘篇成一家之言辭義典雅足傳于後又稱其辭賦時有齊氣文選李善注言齊俗文體舒緩而徐幹亦有斯累漢書地理志曰故齊詩曰子之還兮遭我乎猺之間兮此亦甚舒緩之體也今觀其詩如室思及爲挽船士與新娶妻別等語皆婉約多致殆所謂舒緩而有齊氣者歟

阮瑀字元瑜陳留人少受學於蔡邕魏志稱其宏才卓逸不羣於俗曹操辟爲司空軍謀祭酒又管記室書檄多瑀所作後爲倉曹掾屬建安十七年卒有集五卷操初辟之不應逃入山中使人焚山得之時操方征長安大延賓客怒瑀不與語使就伎別瑀因解音能鼓琴撫絃而歌爲曲既捷音聲殊妙操乃大悅今按其琴歌云奕奕天門開大魏應期運青蓋巡九州在東西人怨士爲知己死女爲悅者玩恩義苟潛暢他人焉能亂是亦婉而多諷者已

應瑒字德璉汝南人漢太山太守劭之從子也曹操辟爲丞相掾屬轉平原侯庶

子後爲五官中郎將文學建安二十二年卒有集二卷

劉楨字公幹東平人曹操辟爲丞相掾屬魏太子嘗宴諸文學酒酣命夫人甄氏出拜坐中咸伏楨獨平視操聞乃收治之得減死輸作署吏建安二十二年卒有毛詩義問十卷集四卷

總之七子之中自以孔北海爲領袖而又忠於漢室爲操所害天下寃之其離合詩實本圖讖不同意造蓋孔子作孝經及春秋河洛成告備于天有赤虹下化爲黃玉長三尺上刻文云寶文出劉季握卯金刀在軫北字禾子天下服合卯金刀爲劉禾子爲季也故雕龍云離合之發明于圖讖此之謂也其餘六子雖齊驅並駕炫嚯一時而依附曹魏不能自振以視北海其品節瞠乎遠矣故彥和亦云文帝陳思縱轡以騁節王徐應劉望路而爭驅並憐風月狎池苑述恩榮敘酣宴慷慨以任氣磊落以使才造懷指事不求纖密之巧驅辭逐貌唯取昭晰之能此非所謂定評者哉

第十一篇　魏晉兩朝之遞降

劉勰時序篇云魏武以相王之尊雅愛詩章文帝以副君之重妙善辭賦陳思以公子之豪下筆琳瑯並體貌英逸故俊才雲蒸觀其時文雅好慷慨良由世積亂離風衰俗怨並志深而筆長故梗概而多氣也

又明詩篇云正始明道詩雜仙心何晏平叔之徒率多浮淺唯嵇旨清峻阮旨遙深故能標焉若乃應璩休璉百一獨立不懼辭譎義貞亦魏之遺直也晉世羣才稍入輕綺張潘左陸比肩詩衢采縟于正始力柔于建安或析文以爲妙或流靡以自妍此其大略也江左篇製溺乎玄風嗤笑徇務之志崇盛亡機之談袁孫袁弘字彥伯孫楚字子荆以下雖各有雕采而辭趣一揆莫與爭雄所以景純仙篇挺拔而爲俊矣

鍾嶸詩品亦言曹公父子篤好詩文平原兄弟鬱爲文棟劉楨王粲爲其羽翼次有攀龍附鳳自致于屬車者蓋將百計彬彬之盛大備于時矣爾後淩遲衰微迄於有晉太康中三張二陸兩潘一左勃爾復興踵武前王風流未沫亦文章之中

興也永嘉時貴黃老稍尚虛談於時篇什理過其辭淡乎寡味爰及江表微波尚傳孫綽許詢桓庾諸公詩皆平典似道德論建安風力盡矣先是郭景純用儁上之才變創其體劉越石仗清剛之氣贊成厥美然彼衆我寡未能動俗逮義熙中謝益壽斐然繼作才高詞盛富豔難蹤固已含跨劉郭陵轢潘左故知陳思爲建安之傑公幹仲宣爲輔陸機爲太康之英安仁景陽爲輔斯皆五言之冠冕文詞之命世也

又云魏文帝詩其源出於李陵頗有仲宣之體陳思王植詩源出國風骨氣奇高詞采華茂情兼雅怨體被文質粲溢今古卓爾不羣嗟乎陳思之於文章也譬人倫之有周孔鱗羽之有龍鳳音樂之有琴笙女工之有黼黻俾爾懷鉛吮墨者抱篇章而景慕映餘輝以自燭故孔氏之門如用詩則公幹升堂思王入室景陽潘陸自可坐于廊廡之間矣

又唐元稹杜甫墓志序云建安之後天下文士遭罹兵戰曹氏父子鞍馬閒爲文

往往橫槊賦詩其遒壯抑揚寃哀悲離之作尤極於古晉世風槪稍存宋齊之間致失根本蓋吟寫性靈流連光景之文也意義格力固無取焉陵遲至于梁陳淫豔刻飾佻巧小碎之詞劇又宋齊之所不取也

由是觀之當塗之世允推曹氏而孟德尤以樂府敘事擅長如蒿里薤露之類竟可目爲古詩子桓燕歌行襲漢武秋風而稍變之遂爲七言所宗回視平子四愁轉覺氣韻之滯陳思斲削精潔自然沈健其謁帝承明廬明月照高樓諸作非鄴中諸子可及然以孟德短歌苦寒例之則風格之蒼勁遠出二子之上故敖陶孫詩評云魏武如幽燕老將氣韻沈雄子建如三河少年風流自賞歸愚亦謂孟德猶是漢音子桓以下純乎魏響洵不誣也

大抵孟德詩時雜霸氣自是劉項一流人物不當以詩家目之子桓便娟婉約能移人情子建則五色相宜八音朗暢使才而不矜才用博而不逞博蘇李以下故推大家而美女篇尤爲漢魏壓卷橫山原詩稱其意致幽渺含蓄雋永音節韻度

皆有天然姿態層層搖曳而出使人不可彷彿端倪固是空千古絕作靈運以八斗歸之或在是歟至於嵇嬾阮狂是其本性然嵇詩託喩清遠良有鑒裁其四言詩尤多儁語不襲風雅之體開晉人之先聲阮公詠懷反覆零亂興寄無端和愉哀怨俶詭不覊令讀者莫求歸趣其原出自離騷蓋遭阮公之時自應有阮公之詩也箋釋者必求時事以實之則鑿矣鍾記室云阮詩出於小雅無雕蟲之功詠懷之作可以陶性靈發幽思言在耳目之內情寄八荒之表洋洋乎會於風雅使人忘其鄙近自致遠大漁洋亦云阮公綽有漢音非鄴下諸子所可步趨詠懷諸作寄愁天上埋憂地下其胸次非復人世機局誠篤論也

典午代興斯文未泯王士禛古詩選敍錄云茂先休奕二陸三張槪乏風骨惟太沖挺拔崛起臨菑越石清剛景純豪儁不減于左三公鼎足此其盛也過江而後篤生淵明卓絕後先不可以時代拘墟矣歸愚亦云壯武之世茂先休奕莫能軒輊二陸潘張亦稱魯衛左太沖拔出衆流之中胸次高曠而筆力足以達之自應

盡掩諸家鍾記室季孟於潘陸之閒謂野於士衡而深于安仁太沖弗受也過江以還越石悲壯景純超逸足稱後勁（詩品左思詩其源出于公幹文典以怨頗爲精切得諷諭之致）又云士衡通贍具足而絢綵無力遂開排偶一家西京以來空靈矯健之意不復存矣降自梁陳專工隊仗邊幅復狹令閱者白日欲臥未必非士衡爲之濫觴也又云陶公以名臣之後際易代之時欲言難言時時寄託不獨詠荆軻一章也六朝第一流人物其詩自能曠世獨立鍾記室謂其原出應璩目爲中品一言不智難辭厥咎矣又云晉人多尚放達獨淵明有憂勤語有自任語有知足語有悲憤語有樂天安命語有物我同得語倘幸列孔門何必不在季次原憲下其推崇可謂極致矣然歸愚本橫山門下語有自來予按原詩嘗云陶潛胸次浩然吐棄人間一切故其詩俱不從人間得詩家之方外別有三昧也游方以內者不可學學之猶章甫適越也唐人學之者如儲光羲韋應物然韋既不如陶儲又不若韋總之俱不及其胸次耳旨哉其言乎至於晉詩之衰實緣風氣之變故干寶晉紀總論謂學者以

老莊爲宗而黜六經談者以虛薄爲辯而賤名檢當官者以望空爲高而笑勤恪故沈約宋書亦云在晉中興玄風獨扇爲學窮於柱下博物止乎七篇馳騁文辭義殫于此自建武暨于義熙歷載將百雖綴響聯詞波屬雲委莫不寄言上德託意玄珠遒勁之詞無聞焉耳洵乎其爲當時公論歟

若夫元亮知已首推昭明胡仔苕溪漁隱叢話云鍾嶸評淵明詩爲古今隱逸詩人之宗余謂陋哉斯言豈足以盡之不若蕭統云淵明文章不羣辭彩精拔跌宕昭彰獨超衆類抑揚爽朗莫之與京橫素波而傍流干青雲而直上語時事則指而可想論懷抱則曠而且眞加以貞志不休安道苦節不以躬耕爲恥不以無財爲病自非大賢篤志與道汙隆孰能如是乎此言盡之矣次爲杜甫葛常之韻語陽秋云陶潛謝朓詩皆平淡有思致非後來詩人怵心劌目雕琢者所爲也老杜云陶詩不枝梧風騷共推激紫燕自超詣翠駮誰翦剔是也次爲蘇軾嘗謂淵明詩質而實綺臞而實腴自曹劉鮑謝李杜諸人皆莫及也次爲黃庭堅亦云寧律

不諧不使句弱用字不工不使句俗此庾開府之所長也然有意于爲詩也至于淵明則所謂不煩繩削而自合者雖然巧於斧斤者多疑其拙窘於檢括者輒病其放孔子曰甯武子其智可及也其愚不可及也淵明之拙與放豈可爲不知者道哉次爲眞德秀云淵明詩宜自爲一編以附於三百篇楚辭之後爲詩之根本準則又宋黃徹碧溪詩話云淵明心乎忠愛非詞枯槁其所以感歎時世推遷者蓋傷時人之急於聲利也非謂亂離其所以愁憤于干戈盜賊者蓋以王室元元爲懷也俗士何以識之元陳繹曾詩譜亦云淵明心存忠義心處閒逸情眞景眞事眞意眞幾於十九首矣但氣差緩耳至其工夫精密天然無斧鑿痕跡又有出於十九首之表者盛唐諸家風韵皆出此

凡此諸論即漁洋橫山歸愚推崇陶公之所本也余故表而出之若夫魏晉名作雖紛綸萬狀莫可殫述然不有論列以資攷較亦何由而端趨嚮因幷錄如下

曹操 字孟德仕漢獻帝爲丞相封魏王子丕篡立追謚武

短歌行　言當及時行樂也

對酒當歌。人生幾何。譬如朝露。去日若多。慨當以慷。憂思難忘。何以解憂。唯有杜康。青青子衿。悠悠我心。但爲君故。沈吟至今。呦呦鹿鳴。食野之苹。我有嘉賓。鼓瑟吹笙。明明如月。何時可掇。憂從中來。不可斷絕。越陌度阡。枉用相存。契闊談讌。心念舊恩。月明星稀。烏鵲南飛。繞樹三匝。何枝可依。山不厭高。海不厭深。周公吐哺。天下歸心。歸愚云月明星稀四句喻客子無所依託山不厭高四句言王者不卻衆庶故能成其大也

苦寒行

北上太行山。艱哉何巍巍。羊腸坂詰屈。車輪爲之摧。樹木何蕭瑟。北風聲正悲。熊羆對我蹲。虎豹夾路啼。谿谷少人民。雪落何霏霏。延頸長歎息。遠行多所懷。我心何怫鬱。思欲一東歸。木深橋梁絕。中路正徘徊。迷惑失故路。薄暮無宿棲。行行日已遠。人馬同時饑。擔囊行取薪。斧冰持作糜。悲彼東山詩。悠悠使我哀。

薤露

惟漢二十世。所任誠不良。沐猴而冠帶。知小而謀彊。猶豫不敢斷。因狩執君王。白虹爲貫日。己亦先受殃。賊臣執國柄。殺主滅宇京。蕩覆帝基業。宗廟以燔喪。播越西遷移。號泣而且行。瞻彼洛城郭。微子爲哀傷。沈云此指何進召董卓事漢末實錄也

蒿里行

關東有義士。興兵討羣凶。初期會盟津。乃心在咸陽。軍合力不齊。躊躇而雁行。勢利使人爭。嗣還自相戕。淮南弟稱號。刻璽於北方。鎧甲生蟣蝨。萬姓以死亡。白骨露於野。千里無雞鳴。生民百遺一。念之斷人腸。沈云此指本初公路輩討董卓而不能成功也借古樂府寫時事始于曹公

曹植 字子建封平原侯徙臨菑改安鄉侯改封鄄城王徙浚儀東阿加封陳王年四十一卒諡曰思

美女篇 美女者以喻君子言君子有美行願得賢君而事之若不遇時雖見徵求終不屈也

美女妖且閑。採桑岐路間。柔條紛冉冉。落葉何翩翩。攘袖見素手。皓腕約金環。頭上金爵釵。腰佩翠琅玕。明珠交玉體。珊瑚間木難。羅衣何飄颻。輕裾隨風還。顧眄遺光彩。長嘯氣若蘭。行徒用息駕。休者以忘餐。借問女安居。乃在城南端。青樓臨

大路高門結重關容華耀朝日誰不希令顏媒氏何所營玉帛不時安佳人慕高義求賢良獨難衆人徒嗷嗷安知彼所觀盛年處房室中夜起長歎　沈云寫美女如見君子品

節此不取以事爲詩人

七哀詩　謂詻陷秋痛而哀義而哀感而哀怨而哀耳目聞見而哀口歎而哀鼻酸而哀謂之七哀

明月照高樓流光正徘徊上有愁思婦悲歎有餘哀借問歎者誰言是宕子妻君行踰十年孤妾常獨棲君若清露塵妾若濁水泥浮沉各異勢會合何時諧願爲西南風長逝入君懷君懷良不開賤妾當何依　沈云此種大抵思君之詞絕無藻飾情性綿摯其品最工

嵇康　字叔夜譙郡銍人拜中散大夫鍾會譖殺之

雜詩　四言詩多俊品不摹倣三百篇尤爲晉人先聲

微風清扇雲氣四除皎皎亮月麗于高隅興命公子攜手同車龍驥翼翼揚鑣踟躕肅肅宵征造我友廬光燈吐輝華幔長舒鸞觴酌醴神鼎烹魚絃超于野歎過綿駒流詠太素俯讚玄虛孰克英賢與爾剖符　沈云言詠贈還妙遊心恬淡詎能以英賢之資與爾分符而仕予

阮籍 字嗣宗陳留尉氏人瑀子辟太尉掾遷散騎常侍改步兵校尉

詠懷 顏延年曰說者謂阮籍在晉文代常慮禍患故發此詠耳

二妃游江濱。逍遙順風翔。交甫懷環珮。婉孌有芬芳。猗靡情歡愛。千載不相忘。傾城迷下蔡。容好結中腸。感激生憂思。萱草樹蘭房。膏沐爲誰施。其雨怨朝陽。如何金石交。一旦更離傷。沈云卽未見好德如好色也

嘉樹下成蹊。東園桃與李。秋風吹飛藿。零落從此始。繁華有憔悴。堂上生荊杞。驅馬舍之去。去上西山趾。一身不自保。何況戀妻子。凝霜被野草。歲暮亦云已。歲暮隱指時亂也一結見否終則傾有去之想恐不遠害

平生少年時。輕薄好絃歌。西游咸陽中。趙李相經過。娛樂未終極。白日忽蹉跎。驅車復來歸。反顧望山河。黃金百鎰盡。資用常苦多。北臨太行道。失路將如何。漢成帝歡微行近幸小臣趙李從微賤專寵此借言游俠之儔也顏延年注謂趙飛燕李夫人恐不可從

林中有奇鳥。自言是鳳皇。清朝飲醴泉。日夕棲山岡。高鳴徹九州。延頸望八荒。適

逢商風起羽翼自摧藏一去崐崙西何時復迴翔但恨處非位愴悢使心傷鳳皇木良鳴國家之盛今九州八荒無可展翅而遠去崐崙之西於潔身之道猶未其如處非其位何所以愴怳心傷也

出門望佳人佳人豈在茲三山招松喬萬世誰與期存亡有長短慷慨將焉知忽

忽朝日隤行行將何之不見季秋草摧折在今時十九首後復有此體華整文章一轉關也

左思　字太沖臨淄人官至祕書郎

詠史八首

弱冠弄柔翰卓犖觀羣書著論準過秦作賦擬子虛邊城苦鳴鏑羽檄飛京部雖非甲胄士疇昔覽穰苴長嘯激清風志若無東吳鉛刀貴一割夢想騁良圖左盼澄江湘右盼定羌胡功成不受爵長揖歸田廬

鬱鬱澗底松離離山上苗以彼徑寸莖蔭此百尺條世胄躡高位英俊沈下僚地勢使之然由來非一朝金張藉舊業七葉珥漢貂馮公豈不偉白首不見招

吾希段干木偃息藩魏君吾慕魯仲連談笑却秦軍當世貴不羈遭難能解紛功

成恥受賞高節卓不羣臨組不肯緤對珪寧肯分連璽躍前庭比之猶浮雲（秦欲攻魏司馬唐諫曰段干木賢者而魏禮之毋乃不可予秦君以爲然乃止見呂氏春秋）

濟濟京城內赫赫王侯居冠蓋蔭四術朱輪竟長衢朝集金張館暮宿許史廬南鄰擊鐘磬北里吹笙竽寂寂揚子宅門無卿相輿寥寥空宇中所講在玄虛言論準宣尼辭賦擬相如悠悠百世後英名擅八區

皓天舒白日靈景耀神州列宅紫宮裏飛宇若雲浮峨峨高門內藹藹皆王侯自非攀龍客何爲欻來游被褐出閶闔高步追許由振衣千仞岡濯足萬里流（俯視千古）

荆軻飲燕市酒酣氣益震哀歌和漸離謂若傍無人雖無壯士節與世亦殊倫高眄邈四海豪右何足陳貴者雖自貴視之若埃塵賤者雖自賤重之若千鈞

主父宦不達骨肉還相薄買臣困樵採伉儷不安宅陳平無產業歸來翳負郭長卿還成都壁立何寥廓四賢豈不偉遺烈光篇籍當其未遇時憂在塡溝壑英雄有迍邅由來自古昔何世無奇才遺之在草澤

習習籠中鳥舉翮觸四隅落落窮巷士抱影守空廬出門無通路枳棘塞中塗計策棄不收塊若枯池魚外望無寸祿內顧無斗儲親戚還相蔑朋友日夜疏蘇秦北游說李斯西上書俯仰生榮華咄嗟復彫枯飲河期滿腹貴足不願餘巢林棲一枝可爲達士模 太沖詠史不必專詠一人專詠一事詠古人而已之性情俱見此千秋絕唱也後惟明遠太白能之

劉琨 字越石中山人永嘉時官大將軍都督并州遷司空并州叛奔薊元帝渡江加太尉封廣武侯被害

重贈盧諶

握中有玄璧本自荊山璆惟彼太公望昔在渭濱叟鄧生何感激千里來相求白登幸曲逆鴻門賴留侯重耳任五賢小白相射鉤苟能隆二伯安問黨與讎中夜撫枕歎相與數子遊吾衰久矣夫何其不夢周誰云聖達節知命故不憂宣尼悲獲麟西狩涕孔丘功業未及建夕陽忽西流時哉不吾與去乎若雲浮朱實隕勁風繁英落素秋狹路傾華蓋駭駟摧雙輈何意百鍊剛化爲繞指柔 拔雄萃會自成絕調

郭璞 字景純河東聞喜人王導引爲參軍補著作佐郎遷尚書郎又爲記室參軍爲王敦所害追贈弘農太守

遊仙詩本有託而言坎壈詠懷其本旨也

京華遊俠窟山林隱遯棲天門以足榮未若託蓬萊臨源挹清波陵岡掇丹荑靈谿可潛盤安事登雲梯漆園有傲吏萊氏有逸妻進則保龍見退爲觸藩羝高蹈風塵外長揖謝夷齊

雜縣寓魯門風暖將爲災吞舟涌海底高浪駕蓬萊神仙排雲出但見金銀臺陵陽挹丹溜容城揮玉杯姮娥揚妙音洪崖頷其頤升降隨長烟飄颻戲九垓奇齡邁五龍千歲方嬰孩燕昭無靈氣漢武非仙才超然而來翛然而止須玩章法

陶詩篇篇可讀今不采錄

第十二篇　南北之寖微

詩至南北風氣逾降間有傑出之材亦第一二可數而已如沈約宋書所謂靈運之興會標舉延年之體裁明密並方軌前哲垂範後昆是也北史文苑傳序亦云永明天監之際太和天保之間洛陽江左文雅尤盛江左宮商發越貴於清綺河

朔。詞。義。貞。剛。重。乎。氣。質。氣。質。則。理。勝。其。詞。清。綺。則。文。過。其。意。理。深。者。便。於。時。用。文。華。者。宜。於。詠。歌。此。南。北。詞。人。得。失。之。大。較。也。梁。自。大同。之。後。雅。道。淪。缺。漸。乖。典。則。爭。馳。新。巧。簡文。湘。東。啓。其。淫。放。徐陵。庾。信。分。路。揚。鑣。其。意。淺。而。繁。其。文。匿。而。彩。詞。尚。輕。險。情。多。哀。思。格。以。延陵。之。聽。蓋。亦。亡。國。之。音。也

雕龍明詩篇云。宋。初。文。詠。體。有。因。革。莊老。告。退。而。山。水。方。滋。儷。采。百。字。之。偶。爭。價。一。句。之。奇。情。必。極。貌。以。寫。物。辭。必。窮。力。而。追。新。此。近。世。之。所。競。也。余按其語蓋謂康樂。之。倫。窮。極。游。覽。其。詩。以。刻。畫。清。峻。相。高。致。一。時。成。爲。風。尚。沈歸愚。稱。其。經。營。慘。澹。鉤。深。索。隱。而。一。歸。自。然。山。水。閒。適。時。遇。理。趣。匠。心。獨。運。少。規。往。則。建安。諸。公。都。非。所。屑。況。士衡。以。下。耶。語。極。允。當。

鍾嶸詩品亦云。靈運。名。章。迥。句。處。處。閒。起。麗。典。新。聞。絡。繹。奔。會。譬。猶。青。松。之。拔。灌。木。白。玉。之。映。塵。沙。未。足。貶。其。高。潔。也。延之。體。裁。綺。密。情。喻。淵。深。湯惠休。曰。謝。詩。如。芙。蓉。出。水。顏。詩。如。錯。采。鏤。金。小謝惠連才。思。敏。捷。恨。其。蘭。玉。夙。凋。故。長。轡。未。騁。秋。懷。

擣衣之作雖復靈運銳思何以加焉希逸氣候清雅不逮范袁然興屬閒長良無鄙促鮑照善製形狀寫物之詞然貴尚巧似不避險仄頗傷清雅之調　齊吏部謝朓一章之中自有玉石然奇章秀句往往警遒足使叔源失步明遠變色善自發詩端而末篇多躓此意銳而才弱也文通詩體總雜善於摹擬梁太常任昉博物而動輒用事所以詩不得奇休文衆製五言最優雖文不至其工麗亦一時之選故當詞密於范意淺於江余按鍾氏詩品阮亭詩話恆不謂然茲更錄其五言詩例如下學者可以別其異同矣

王士禎云宋代詞人康樂爲冠諸謝奕奕迭相映蔚明遠篇體驚奇在延年之上謝之與鮑可謂分路揚鑣仲偉之品予明遠多微詞愚所未解又云齊有玄暉獨步一代元長輔之自茲以外未見其人梁代右文作者尤衆繩以風雅略其名位則江淹何遜足爲兩雄沈約范雲吳均柳惲差堪羽翼因知此道眞賞論定不誣非可以東陽零陵身參佐命遂堪抝持一代文柄也陳朝寥寥孝穆稱首總持流

品視徐未宜並論然華實兼美殆欲過之子堅（陰鏗）無累愧其名矣北朝魏齊之間顏介最爲高唱高敖曹短章不減解律金二君可敵南朝沈慶之曹景宗至於邢（邵）魏（收）之流未強人意劉昶蕭慤踰淮不化（昶字休道宋文帝子　慤字仁祖梁宗室子）亦未易才北周寥寥厪得子淵（王褒）子山二人之才一時瑜亮而鍾儀之悲開府爲至矣

沈德潛說詩晬語亦云詩至于宋性情漸隱聲色大開詩運一轉關也康樂神工默運明遠廉儁無前允稱二妙延年聲價雖高雕鏤太過不無沈悶要其厚重處古意猶存齊人寥寥謝玄暉獨有一代以靈心妙悟覺筆墨之中筆墨之外別有一段深情名理元長（王融）諸人未齊肩背　蕭梁之代君臣贈答亦工豔情風格日卑隱侯短章略存古體文通仲言辭藻斐然雖非出羣之雅亦稱一時作者陳之視梁抑又降焉子堅孝穆略具體裁專求佳句差強人意云爾北朝詞人時流清響庾子山才華富有悲感之篇常見風骨所長不專在造句也爾時徐庾並名恐

李穆華詞瞠乎其後矣

綜觀前後諸家之所品隲可知南北之際詩人之能自樹者於宋斷推靈運明遠其次延年惠連（李白詩云中間小謝又清發）至齊爲玄暉元長於梁爲江淹何遜其次沈約於陳爲徐陵江總於北朝爲顏之推劉昶蕭慤王褒而庾蘭成江關蕭瑟獨出冠時足以結六朝之局號一軍之殿云然其間氣節則寖焉衰微矣故宋大樽茗香詩論嘗極慨之亦誦國聞者所不可不知者也

論云齊梁陳隋之格之降而愈下也其由來安在齊之王儉韓蘭英先仕宋劉繪後仕梁梁之范雲邱遲任昉張率柳惲周捨徐勉先仕齊庾信後仕北周江淹沈約先仕宋齊陳之陰鏗徐陵沈烱周宏正張正見顧野王先仕梁江總先梁後隋盧思道薛道衡先仕齊及周楊素崔仲方先仕周及梁偶指數之皆詩人之名級故高者也顧晉有陶靖節之高趣又有束皙之沉退張翰之慮禍郭璞之阻逆謀宋亦有顏延之不受賚供沈慶之盡言諍諫赫奕遐邇世教賴焉齊謝朓不從江

祜之謀王僧祐不交當世風韻淸疏如孔稚珪徵而不就如顧歡猶有晉之遺風梁以後如蕭子雲不樂仕進者寥寥矣陳之狎客通脫以俳優自居者有之至隋則晉王廣之弑立其謀遂出自楊素此其由來非獨在慕榮利也蓋廉恥道喪且有使之然者矣發乎情者不止乎禮義不止乎禮義則無廉恥無廉恥安得有氣節誦其詩不知其人斤斤焉僅斥其詩格卑靡定爲下品之第何異向名倡而責之曰曷不綴道論以自娛豈不方圓其枘鑿哉

又按近人丁福保有詩論一篇於南北諸家升降之原言之綦切因節錄之論云宋孝武彫文織綵遂開靈運之先詩至是而爲之一變氣變而韶色變而麗體變而整句變而琢古之終而律之始也謝靈運才高詞盛富豔難蹤宛如出水芙蓉尤稱獨絕顏延年錯彩鏤金辭氣重厚有館閣之體謝惠連才思富捷又工綺麗歌謠推爲風人第一鮑明遠文詞俊逸壯麗豪放如珊瑚琅玕木難火齊弗賁鑲琢而自有偉觀湯惠休秀色未韶綺情未豔良由衷淺以故韻微齊詩纖巧琢之

字句之間色澤愈工性情愈隱惟謝玄暉清綺絕倫幽艷而韻如洞庭美人芙蓉衣而翠羽旗絕非世間物色故沈休文歎爲二百年來無此詩也梁詩妖艷益爲麗靡武帝啓齒揚芬其臭如幽蘭之噴詩中得此亦稱絕代之佳人矣簡文辭藻艷發雅好賦詩然縟語纖詞時號宮體以南面之尊效閨閣之製以是知此位之不終矣沈約佳處斷削清瘦可愛其聲韻如闔闢疎鐘建章清漏自有節度唐諸家聲律皆出於此柳惲姿態橫生亭臯木葉下隴首秋雲飛王融見而嗟賞江淹情遠詞麗才思有餘雜擬之作曲盡心手之妙然尙有才盡之嘆任昉託體淵雅而嫌於幅窘范雲宛轉流利如寸草之莖疎花點點生氣俱存丘遲點綴明媚如落花依草王僧孺麗遠而多用新事時人重其富博庾肩吾推鍊精工是聲律絕技吳均好爲傑句清拔而有古氣何遜意境清微幽芳獨賞敘懷述慷是其所優杜甫曰能詩何水部信非虛賞而顏之推謂其每病辛苦饒貧寒氣非篤論也陳詩最輕常以飄颻無依後主以綺艷相高極於淫蕩所存者祇是綺羅粉黛陰鏗

風華自布幽韻親人陳詩得此尤爲不易徐陵氣韻高逈不煩組練文采自成豈曰孝穆才情僅嫻宮體而已哉張正見如春幡綵勝金翠熠熠聯以珠璣緯繣纖麗其高韻淩空奇情破冥又當與肩吾對壘江總麗藻浮艷爲後主所愛幸當時謂之狎客北魏以溫子昇爲最濟陰王暉業嘗云江左文人宋有顏延之謝靈運梁有沈約任昉我子昇足以陵顏轢謝含任吐沈南人問庾信曰北方文士何如信曰惟有韓陵山一片石堪共語薛道衡盧思道少解把筆自餘驢鳴狗吠聒耳而已溫子昇嘗作韓陵山寺碑信讀而善之故謂堪與共語也北齊以蕭愨爲最芙蓉露下落楊柳月中疎擅名千古矣北周以庾信爲最史評其詩曰綺艷杜甫稱之曰清新又曰老成綺而有質艷而有骨時而不薄新而不尖此所以爲老成也溯自建安以來日趨於豔魏豔而豐晉豔而縟宋豔而麗齊豔而纖陳豔而浮律句始於梁陳而古道遂以不振雕飾盛而本實衰也

第十三篇 隋時之迴蕩

詩至於隋殆剝極而復之時歟然亦甚難言也如楊素之弑逆窮極凶惡而詩則高古如有道之士一可怪也楊廣罪通於天而詩在諸帝王中駕出唐太宗靡體之上二可怪也故北史文苑傳敍有云煬帝冬至受朝詩及擬飲馬長城窟並存雅體歸於典制雖意在驕淫而詞無浮蕩故當時綴文之士遂得依而取正焉所謂能言者未必能行蓋亦君子不以人廢言也又云素嘗以五言詩七百字贈播州刺史薛道衡詞氣穎拔風韻秀上爲一時盛作未幾而卒道衡曰人之將死其言也善若是乎洵篤論也然楊廣性特忌尅不欲人出其右薛道衡死曰更能作空梁落燕泥否王胄死曰庭草無人隨意綠更能作此語耶道衡字玄卿河東汾陰人專精好學甚著才名官至儀同三司嘗撰樂府名昔昔鹽有燕泥句嗣緣上文帝頌觸廣之忌竟爲所害胄字承基以文詞爲煬帝所重官著作佐郎與虞綽齊名後進之士咸以二人爲準的帝嘗自東都還京師賜天下大酺因爲五言語胄和之帝覽稱善謂侍臣曰氣高致遠歸之于胄詞清體潤其在世基意密理新

推。庾自直過此者。未可以言詩。則當時作者亦略可見矣。世基姓虞、字茂世。餘姚人。徐陵見之、許爲今之潘陸。嘗爲五言詩見意。性理悽切。世以爲工。莫不吟咏。與弟世南齊名。自直潁川人。官著作佐郎。解屬文。尤善五言。爲廣所愛。王士禛云。隋混一南北。煬帝之才。實高羣下。長城白馬二篇。殊不類陳隋間人。楊處道沈雄華贍。風骨甚遒。已闢唐人陳杜沈宋之軌。餘子莫及。沈德潛亦云。隋煬帝艷情篇什。同符後主。而邊塞諸作。鏗然獨異。剝極將復之候也。楊素幽思健筆。詞氣清蒼。後此射洪曲江。起衰中立。此爲勝。廣其推崇。不亦極至歟。要之由齊以至初唐。均可謂之齊梁體。而其體之興。實由於齊永明朝沈約創爲四聲八病之說。由是一簡之內。音韻不同。二韻之間。輕重悉異。其文二句一聯。四句一絕。聲韻相避。文字不可增減。惟江淹不染厥弊。梁武亦不知平上去入。其詩仍遵太康元嘉舊體。外此悉風靡草偃矣。及隋代而漸端趨向。虞世南陳子良輩。皆由隋入唐。俾唐代文風之盛。得此階梯。不可謂非騷壇之幸事也。茲略采隋詩如下。以見一斑。

煬帝 性楊名廣隋文帝第二子初封晉王旋奪太子勇得立爲太子又五年弒父自立在位十二年爲宇文化及所弒有集五十五卷

飲馬長城窟行示從征羣臣

肅肅秋風起。悠悠行萬里。萬里何所行。橫漠築長城。豈台小子智。先聖之所營。樹茲萬世策。安此億兆生。詎敢憚焦思。高枕於上京。北河秉武節。千里捲戎旌。山川互出沒。原野窮超忽。摐金止行陣。鳴鼓興兵卒。千乘萬騎動。飲馬長城窟。秋昏塞外雲。霧暗關山月。緣巖驛馬上、乘空烽火發。借問長城侯。單于入朝謁。濁氣靜天山。晨光照高闕。釋兵仍振旅。要荒事方舉。飲至告言旋。功歸清廟前。

白馬篇

白馬金貝裝。橫行遼水傍。問是誰家子。宿衞羽林郎。文犀六屬鎧。寶劍七星光。山虛弓響徹。地迥角聲長。宛河推勇氣。隴蜀擅威強。輪臺受降虜。高闕翦名王。射熊入飛觀。校獵下長楊。英名欺衞霍。智策蔑平良。島夷時失禮。卉服犯邊疆。徵兵集薊北。輕騎出漁陽。進軍隨日暈。挑戰逐星芒。陣移龍勢動。營開虎翼張。衝冠入死地。擐臂越金湯。塵飛戰鼓急。風交征旆揚。轉鬭平華地。追奔掃鬼方。本持身許國。況復武功彰。會令千載後。流譽滿旂常。沈德潛云二章氣體自闊大而骨力未能振起故知風格初成尚帶末體

楊素　字處道弘農華陰人封越國公晉王廣之弒立素之謀也有集十卷

山齋獨坐贈薛內史二首

居山四望阻。風雲竟朝夕。深溪橫古樹。空巖臥幽石。日出遠岫明。鳥散空林寂。蘭庭動幽氣。竹室生虛白。落花入戶飛。細草當堦積。桂酒徒盈樽。故人不在席。薄暮山之幽。臨風望羽客。

巖壑澄清景。景清巖壑深。白雲飛暮色。綠水激清音。澗戶散餘彩。山牕凝宿陰。花草共榮映。樹石相陵臨。獨坐對陳榻。無客有鳴琴。寂寂幽山泉。誰知無悶心。沈德潛云武人亦復奸雄而詩格淸遠轉似出世高人眞不可解

贈薛播州十四首錄九

在昔天地閉。品物屬屯蒙。和平替王道。哀怨結人風。麟傷世已季。龍戰道將窮。亂

海飛羣水貫日引長虹。干戈異革命。揖讓非至公。沈云發句最好雄闊曹孟德時或有此

兩河定寶鼎。八水域神州。幽關絕無路。京洛化爲邱。漳滏爾連沼。涇渭余別流。生郊滿戎馬。涉路起風牛。班荆疑莫遇。贈縞竟無由。

道昏雖已朗。政故獨未新。刻舟洹水際。結網大川濱。出游迎釣叟。入夢訪幽人。植林雖各樹。開榮豈易春。相逢一時泰。共幸百年身。沈云植林一聯言己與詩各審事功遺調甚雅

荏苒積歲時。契闊同游處。閶闔旣趨朝。承明遠宴語。上林陪明獵。甘泉侍淸曙。迎風含暑氣。飛雨淒寒序。相顧惜光陰。留情共延佇。

滔滔彼江漢。實爲南國紀。作牧求明德。若人應斯美。高臥未褰帷。飛聲已千里。遠望白雲天。日暮秋風起。峴山君儻游。淚落應無已。

漢陰政已成。嶺表人猶蠹。彈冠北方新。還珠總如故。楚人結去思。越俗歌來暮。陽鳥尙歸飛。別鶴還回顧。君見南枝巢。應思北風路。

養病願歸閑。居榮在知足。棲遲茂陵下。優游滄海曲。故人情可見。今人遺路矚。荒

居接野鶉。心物俱非俗。桂樹芳叢生。山幽竟何欲。

秋水魚游日。春樹鳥鳴時。濠梁暮共往。幽谷有相思。千里悲無駕。一見杳難期。山河散瓊蕊。庭樹下丹滋。物華不相待。遲暮有餘悲。衡悲向南浦。寒色黯沈沈。風起洞庭險。烟生雲夢深。獨飛時慕侶。寡和乍孤音。木落悲時暮。時暮感離心。離心多苦調。詎假雍門琴。沈云從天下之亂說到定鼎次說求材次說立朝次說薛之自守臨集效成次說已之歸隱因末致相思之意一題貫亭須具此筆法。宋齊不排而不覺排偶之迹昔爲也

薛道衡字玄卿有集三十卷

昔昔鹽沈云昔昔猶夜夜也鹽引之轉聲也

垂柳覆金隄。蘼蕪葉復齊。水溢芙蓉沼。花飛桃李蹊。采桑秦氏女。織錦竇家妻。關山別蕩子。風月守空閨。恆歛千金笑。長垂雙玉啼。盤龍隨鏡隱。彩鳳逐帷低。飛魂同夜鵲。倦寢憶晨雞。暗牖懸珠網。空梁落燕泥。前年過代北。今歲往遼西。一去無消息。那能惜馬蹄。沈云暗牖二句从張景陽青苔依空牆蜘蛛網四屋化出顧其發原則在伊威在室蠨蛸在戶創彼人者巧耳

第十四篇　古今體詩格之成立

自蘇李枚乘之倫首創五言歷魏晉南北以迄於隋凡諸吟詠僅謂之詩或曰樂府固未嘗有古今律絕之分也及唐初而諸體始判其詩格亦益詳備然則初唐者殆結往古詩人之局而開來今之風氣者歟由今攷之最初著稱者爲虞世南其從軍行一章雖不脫陳隋體格而追琢精警漸開風氣次爲魏徵奉使出關之作氣骨高古一變纖靡爲盛唐風格之導觴至陳伯玉出奪魏晉之風骨變梁陳之俳優讀感遇諸章如入黃初之室張曲江繼之而五古始振七言託始柏梁魏宋之間時多傑作至初唐而王勃之滕王閣盧照鄰之長安古意駱賓王之帝京篇劉希夷之代悲白頭翁張若虛之春江花月夜俱推妙品然隊仗工麗上下蟬聯猶沿六朝遺派未極蒼勁渾厚之致正少陵所謂劣於漢魏近風騷也獨明何大復謂其得風人之正而以少陵之沈鬱頓挫爲變體因作明月篇以儗之未免過當宜漁洋之以刀圭誤人相誚也然四傑之功亦未盡可沒蓋沈宋律體之完

成實基於此致律詩之興其來已久梁范雲巫山高云巫山高不極白日隱光輝靄靄朝雲去冥冥暮雨歸巖懸獸無跡林暗鳥疑飛枕席竟誰薦相望徒依依中四句相對尤爲五律之濫觴他若邵陵王綸之閨怨云塵鏡朝朝掩寒衾夜夜空若非新有悅何事久西東見姬人云此來妝點異今世撥鬟斜却扇承枝影舒衫受落花以及梁元帝何遜吳均顧野王徐陵庾信之屬類皆研精聲律工於對偶而沈約之山光浮水至春色犯寒來（泛永康江）神情兼至尤稱名篇陰鏗昭君怨夾池竹則居然詠史體物平仄妥貼矣至唐太宗明皇並工此體其幸蜀至劍門詩雄健有力開盛唐先聲以至尊而爲風雅倡宜乎沈宋之崛然奮起也同時又有排律之體昉自薛道衡之昔昔鹽與盧思道之游梁城本徐庾之製而加以峻整其詩初祗六韻或爲八韻至少陵乃得百韻亦律中一偉觀也致長律之製肇自顏謝及梁庾丹之秋閨有望而體格益整吳均之贈柳真陽任黃門江淹怨徐悱之白馬古意二篇俱足爲排律之祖但純順自然當屬諸唐觀於玄宗早渡蒲關一

首藻采鮮明。氣勢穠稱。王荆公百家詩選。用為壓卷。信有見也。若夫七言律詩。其源本出樂府。如沈佺期之龍池古意。及張說之舞馬千秋萬歲詞。崔顥之雁門胡人歌。俱顯然可證。攷新唐書禮樂志云。帝賜第隆慶坊。坊南地變為池。即位後。作龍池樂。姚崇等共作樂章十章。沈作其第三章也。詩云。龍池躍龍龍已飛。龍德先天天不違。池開天漢分黃道。龍向天門入紫微。邸第樓臺多氣色。君王鳧雁有光輝。為報寰中百川水。來朝此地莫東歸。古意樂府作獨不見。唐初七律。當以此為壓卷。蓋其對仗整齊。聲調諧暢。自成律體之定格耳。然推厥原始。則梁簡文春情之作。已具七律鶴形。庾信烏夜啼。更覺完善。而沈君攸之薄暮動絃歌諸章。則儼然七言排律體矣。是七律源流。亦略可溯。而五七絕之興。均原于古之樂府歌詞。如枯魚過河泣。菟絲從長風。高田種小麥。孫皓童謠之阿童復阿童。與張衡定情之歌。季鷹思歸之作。俱是也。至梁簡文春別詩。別觀蒲萄帶實垂。江南荳蔻生連枝。無情無意猶如此。有心有恨徒別離。則體製更形脗合矣。惟至四傑。而神韻始全。王勃五絕優柔不迫。尤有一唱三歎之音。七絕在唐初則味在酸鹹之外。如王勃之人。情。已。厭。南。中。苦。鴻。雁。那。從。北。地。來。杜審言之獨。憐。京。國。人。南。竄。不。似。湘。江。水。北。流。張敬忠之卽。今。河。畔。冰。開。日。正。是。長。安。花。落。時。初讀之似常語。久而自覺其妙。亦後來所不及也。要之古今體詩格之成立。端在初唐。溯自魏晉以來。詩人體製變幻萬端。及是而始成一結束。嗣後歷宋元明淸以迄於今。悉循正軌而無所踰越。故曰初唐者。結往古詩人之局。而開來今之風氣者也。茲列其著名詩人如下。

（甲）虞魏

虞世南字伯施。餘姚人。世基之弟。文章婉縟。爲徐陵所稱。仕隋官祕書郎。入唐初爲秦府記室參軍。終弘文館學士祕書監。有集三十卷。其從軍行云。塗山烽候驚。弭節度龍城。冀馬樓蘭將。燕犀上谷兵。劍華寒不落。弓曉月逾明。凜凜嚴霜節。冰壯黃河絕。蔽日卷征蓬。浮天散飛雪。全兵值月滿。精騎乘膠折。結髮早驅馳。辛苦事旌麾。馬凍重關冷。輪摧九折危。獨有西山將。年年屢數奇。

魏徵字元成。曲城人。仕唐封鄭國公。知門下省事。有集二十卷。其出關云。中原還逐鹿。投筆事戎軒。縱橫計不就。慷慨志猶存。杖策謁天子。驅馬出關門。請纓繫南越。憑軾下東藩。鬱紆陟高岫。出沒望平原。古木鳴寒鳥。空山啼夜猿。既傷千里目。還驚九折魂。豈不憚艱險。深懷國士恩。季布無二諾。侯嬴重一言。人生感意氣。功名誰復論。

（乙）四傑

王勃字子安。龍門人。文中子通之孫。六歲善文辭。未冠應舉及第。以省父交趾。渡海溺水死。年二十八。作文初不精思。引被而臥。忽起書之。不易一字。時人謂之腹藁。有集三十卷。其游三覺寺云。杏閣披青磴。琱臺拱紫岑。葉齊山路狹。花積野壇深。蘿幌棲禪隱。松門聽梵音。遽忻陪妙躅。延賞滌煩襟。雖已開律詩格調。而詞旨纖麗。尚未脫陳隋餘習。至送杜少府之任蜀州一首。則高振唐音矣。

楊炯華陰人。年十一。舉神童。授校書郎。爲崇文館學士。恃才簡倨。人不容之。遷盈川令卒。初聞人譽以四傑。曰吾愧在盧前。恥居王後。張說曰。盈川文思如懸河注水。酌之不竭。既優於盧。亦不減王也。有集三十卷。

盧照鄰字昇之。范陽人。有集二十卷。其長安古意云。長安大道連狹斜。青牛白馬七香車。玉輦縱橫過主地。金鞭絡繹向侯家。龍銜寶蓋承朝日。鳳吐流蘇帶晚霞。百丈游絲爭遶樹。一羣嬌鳥共啼花。遊蜂戲蝶千門側。碧樹銀臺萬種色。複道交窗作合歡。雙闕連甍垂鳳翼。梁家畫閣天中起。漢帝金莖雲外直。樓前相望不相知。陌上相逢詎相識。借問吹簫向紫烟。曾經學舞度芳年。得成比目何辭死。願作鴛鴦不羨仙。比目鴛鴦眞可羨。雙去雙來君不見。生憎帳額繡孤鸞。好取門簾帖雙燕。雙燕雙飛繞畫梁。羅幃翠被鬱金香。片片行雲著蟬鬢。纖纖初月上鴉黃。鴉黃粉白車中出。含嬌含態情非一。妖童寶馬鐵連錢。娼婦盤龍金屈膝。御史府中烏夜啼。廷尉門前雀欲棲。隱隱朱城臨玉道。遙遙翠幰沒金隄。挾彈飛鷹杜陵壯探丸借客渭橋西。俱邀俠客芙蓉劍。共宿娼家桃李蹊。娼家日暮紫羅裙。清歌一囀口氛氳。北堂夜夜人如月。南陌朝朝騎似雲。南陌北堂連北里。五劇三條控三市。弱柳青槐拂地垂。佳氣紅塵暗天起。漢代金吾千騎來。翡翠屠蘇鸚鵡杯。羅襦寶帶爲君解。燕歌趙舞爲君開。別有豪華稱將相。轉日回天不相讓。意氣由來排灌夫。專權判不容蕭相。專權意氣本高雄。青虬紫燕坐春風。自言歌舞長千載。自謂驕奢凌五公。節物風光不相待。桑田碧海須臾改。昔時金階白玉堂。即今惟見青松在。寂寂寥寥揚子居。年年歲歲一牀書。獨有南山桂花發。飛來飛去襲人裾。

駱賓王義烏人。七歲善屬文。尤擅五言。其帝京篇。時稱絕唱。又爲徐敬業討武曌事敗。不知所終。有集十卷。

(丙)陳杜沈宋

陳子昂。字伯玉。梓州射洪人。少以富家子尙氣。後來感悔。舉進士第。武后朝官靈臺正字。遷右拾遺。以其父爲縣令段簡所辱。遽還鄉里。並繫獄中。憂憤卒。唐興文

章承徐庾餘風駢麗穠縟子昂橫制頹波始歸雅正李杜以下咸推重之有集十卷

杜審言字必簡襄陽人善五言與李嶠崔融蘇味道爲四友有集十卷其和晉陵陸丞早春遊望云獨有宦遊人偏驚物候新雲霞出海樹梅柳渡江春淑氣催黃鳥晴光轉綠蘋忽聞歌古調歸思欲沾巾頗開盛唐風韻

沈佺期字雲卿內黃人善七言詩仕終太子少詹事開元初卒建安後訖江左詩律屢變至沈約庾信以音韻相婉附屬對精密及佺期與宋之問尤加靡麗回忌聲病約句準篇如錦繡成文學者宗之號爲沈宋語曰蘇李居前沈宋比肩有集十卷

宋之問一名連字延清弘農人仕爲修文館學士睿宗即位賜死有集十卷其途中寒食云馬上逢寒食愁中屬暮春可憐江浦望不見洛橋人北極懷明主南溟作逐臣故園腸斷處日夜柳條新起伏頓挫照應分明自成正格

吳江陳去病著

下

詩學綱要

同邑楊天驥題

中華民國十六年三月初版

百尺樓叢書（詩經學綱要乙）
定價每部一元二角

箸作者　吳江陳去病

印刷所　國光書局
上海新大沽路六七一號
電話四三七四三號

發行所　東南大學
南京四牌樓

持志大學
上海體育西路

國民大學
上海靜安寺路

競雄女學
上海北成都路

各大書坊

徵求吳江先輩遺書啟事

謹啟者鄙人少長垂虹習聞掌故嘗輯成松陵文集初二三編百有十卷笠澤詞徵三十卷以行於世惟先輩遺書浩博深以未能徧求為憾茲特重為廣告凡有關於吳江先輩著作不論經史疏證以及詩文詞曲如蒙許與鈔錄或自願割愛者一經接洽定當照例報酬諸祈亮照

通訊處上海成都路安慶里競雄女學　佩忍陳去病啟

詩學綱要

百尺樓叢書

陳去病學

第十五篇　唐詩之極盛

詩至於唐盛極矣。然其間緜延至三百年之久。則盛衰升降。寧無差別。據宋嚴羽滄浪詩話。卽有唐初、盛唐、大曆、元和、晚唐五體之分。至明高廷禮棅撰唐詩品彙。復有初盛中晚之別。而每體之中。又分正始、正宗、大家、名家、羽翼、接武、正變、餘響、旁流、爲九格。大要以初唐爲正始。盛唐爲正宗、爲大家、爲名家、爲羽翼。中唐爲接武。晚唐爲正變。爲餘響。方外異人等爲旁流。所析頗爲明瞭。故一時宗之。玆列其概如下。

(一)初唐派　由高祖武德初至玄宗開元初。凡一百年。其人如王勃、楊炯、盧照鄰、駱賓王。號四傑。蘇味道、李嶠、崔融、杜審言。稱四友。而陳子昂、張九齡、沈佺期、宋之問諸家。並屬之。

(二)盛唐派　由開元至代宗大曆凡五十餘年其人如李杜齊名外則有王維李頎高適岑參四子亦稱高岑王孟浩然而崔顥王灣常建賈至儲光羲王之渙王昌齡諸家並屬之

(三)中唐派　由大曆初至文宗太和九年凡七十餘年其人如盧綸吉中孚韓翃錢起司空曙苗發崔峒耿湋夏侯審李端號十才子起又與郎士元齊名時爲之語曰前有沈宋後有錢郎而韋應物劉長卿柳宗元韓愈李如珪孟郊賈島劉叉盧仝皇甫冉戴叔倫李益劉禹錫元稹白居易張籍王建李賀諸家並屬之元白亦稱元和派其歌行或號長慶體

(四)晚唐派　由文宗開成初至昭宗天祐三年凡八十餘年其人如溫庭筠李商隱韓偓杜牧羅隱許渾馬戴李頻趙嘏朱慶餘司空圖方干皮日休陸龜蒙諸人並屬之

觀上所述則有唐三百年騷壇名彥已大略可覩然漁洋古詩選於五言獨取伯

玉、曲江、太白、韋柳五家七言亦僅取李嶠、宋之問、張說、王翰、王維、李頎、高適、岑參、李白、杜甫、韓愈十一家及附錄者王昌齡、崔灝、李商隱三人何也蓋姜西溟云齊梁陳隋之詩雖遠於古尚不失爲古詩餘派唐賢風氣自爲畛域以成其爲唐人之詩獨此五人力足以存古詩于唐詩之中可謂變而不失於古漁洋亦云開元大曆七言始盛太白馳騁筆力自成一家工部集古今之大成七言大篇尤爲前所未有後所莫及蓋天地元氣之奧至杜而始發之其能步趨者貞元元和間韓愈一人而已以余觀之王氏之見於五言殆取其復古七言則矜創獲耳歸愚別裁略本斯旨故其言曰陳伯玉力掃俳優直追曩哲張曲江李供奉風裁各異原本阮公唐體中能復古者以三家爲最過江以後淵明胸次浩然天眞絕俗當於言語意象外求之唐人祖述者王右丞得其清腴孟山人得其閒遠儲太祝得其眞樸韋蘇州得其沖和柳柳州得其峻潔氣體風神超然埃壒之外又云蘇李十九首後大率優柔善入婉而多風獨少陵材力標舉篇幅恢張從橫揮霍詩品爲之一變要其爲國愛君感時傷亂憂黎元希稷卨生平抱負莫不流露於中詩之變情之正者也其論七言亦云初唐風調可歌氣格未上至王李高岑馳騁有餘安詳合度爲一體李供奉鞭撻海岳驅走風霆非人力可及爲一體工部沈雄激壯奔放險幻如萬寶雜陳千軍競逐天地渾奧之氣至此盡洩爲一體錢劉以降漸趨薄弱韓文公踔厲風發又別爲一體並謂新寧高氏列杜氏爲大家具有特識乃知王沈之旨後先一揆洵爲學詩者之準則然王氏專宗神韻搜采較隘沈則崇尚體裁無美不備故其言曰王楊盧駱唐初一體老杜所云不廢江湖萬古流也白傳諷諭有補世道人心本傳所云箴時之病補政之缺也張王樂府委折深婉曲道人情李青蓮後之變體也長吉嘔心荒誕古奧怨懟悲愁杜牧之許爲楚騷之苗裔也而皆羅致不遺其所見亦恢廣矣蓋詩本性情學詩者亦仁智不同必懸一鵠而强人之從我亦太覺其泥已又其論律絕云五言律陰鏗何遜庾信徐陵已開其體唐初人研揣聲音穩順體勢其製大備神龍之世陳杜沈宋如

渾金璞玉不須追琢自饒名貴開寶以後李太白之瓌麗王摩詰孟浩然之自得分道揚鑣並推極勝杜少陵獨開生面寓從橫顚倒于整密中故應超然拔萃終唐之世變態雖多無有越諸家之範圍者矣

七律平敘易於徑直雕鏤失之佻巧比五言更難初唐英華乍啓門戶未開不用意而自勝後此摩詰東川李頎春容大雅時崔司勳高散騎岑補闕諸公實爲同調大曆十子及劉賓客柳柳州其紹述也少陵胸次閎闊議論開闢一時掩盡諸家義山詠史其餘響也

五言長律貴嚴整貴勻稱貴屬對工切貴血脈動盪唐初應制贈送諸篇王楊盧駱陳杜沈宋燕許曲江並皆佳妙少陵出而瑰奇宏麗變動開合後此無能爲役元白滔滔百韻使事工穩但流易有餘變化不足耳

五絕右丞之自然太白之高妙蘇州之古澹純是化機不關人力他如崔顥長干曲金昌緒春怨王建新嫁娘張祜宮詞等雖非專家亦稱絕調後人當於此問津

七絕貴言微旨遠語淺情深如清廟之瑟一唱三歎而有餘音開元時龍標供奉允稱神品外此高岑起激壯之音右丞作悽惋之調以至蒲萄美酒之詞黃河遠上之曲皆擅場也後李庶子劉賓客杜司勳李樊南鄭都官諸家托興幽微克稱嗣響

然則據王沈兩家所論而有唐一代詩篇之抉擇亦約略在是矣今更就唐詩高處述之如宋洪容齋云唐人歌詩其于先世及當時事直辭詠寄略無避隱至宮禁嬖昵非外間所應知者皆反覆極言而上之人亦不以爲罪如白樂天長恨歌諷諫諸章元微之連昌宮詞始末皆爲明皇而發杜子美尤多如兵車行前後出塞新安吏潼關吏石濠吏新婚別垂老別無家別哀王孫悲陳陶哀江頭麗人行悲青阪公孫舞劍器行終篇皆是其他波及者五言如憶昨狠狽初事與古先別不聞夏商衰中自誅褒妲是時嬪妃戮連爲糞土叢中胥焚九廟雲漢爲之紅先帝正好武寰海未凋枯拓境功未已元和辭大爐內人紅袖泣王子白衣行毀廟

天飛雨焚宮火徹明南內開元曲常時弟子傳法歌聲變轉滿座涕潺湲御氣雲樓敞含風綵仗高仙人張內樂王母獻宮桃須為下殿走不可好樓居固為牽白馬幾至著青衣奪馬悲公主登車泣貴嬪兵氣凌行在妖星下直廬落日留王母徽風倚少兒能畫毛延壽投壺郭舍人門雞初賜錦舞馬更登牀驪山絕望幸花萼罷登臨殿瓦夗央拆宮簾翡翠虛七言如關中小兒壞紀綱張后不樂上為忙天子不在咸陽宮得不哀痛塵再蒙曾貌先帝照夜白龍池十日飛霹靂要路何日罷長戟戰自青羌連白蠻豈謂盡煩回紇馬翻然遠救朔方兵如此之類不能悉書此下如張祜賦連昌宮元日仗千秋樂大酺樂十五夜燈熱戲樂上已樂邠王小管李謨笛退宮人玉環琵琶春鶯囀寧哥來容兒鉢頭邠娘羯鼓耍娘歌悖拏兒舞華清宮長門怨集靈臺阿㜷湯馬嵬歸香囊子散花樓雨霖鈴等三十篇大抵詠開元天寶間事李義山華清宮驪山龍池諸詩亦然今之詩人不敢爾也觀容齋此論則唐詩之遠出宋上略可見矣

至其所以能高則端由其品格之各判非若後世之徒諧聲律也觀於司空表聖之二十四詩品曰雄渾曰沖淡曰纖濃曰沈著曰高古曰典雅曰洗鍊曰勁健曰綺麗曰自然曰含蓄曰豪放曰精神曰縝密曰疏野曰清奇曰委曲曰實境曰悲慨曰形容曰超詣曰飄逸曰曠達曰流動分晰至爲詳盡又復形容贊歎各極其妙使學者尋玩而不止此一詩所以有一詩之品第也

又與李生書自列其詩之有得於文字之表者二十四韻以爲得味外味東坡容齋俱深契之書云愚幼嘗自負既久而愈覺缺然得於春景則有草嫩侵沙長冰輕著雨消又人家寒食月花影午時天又雨微吟思足花落夢無聊得於山中則有坡暖冬生筍松涼夏健人又川明虹照雨樹密鳥衝人得於江南則戍鼓和潮暗船燈照島幽又曲塘春盡雨方響夜深船又夜短猿悲減風和鵲喜靈得於塞下則有馬色經寒慘鵰聲帶晚飢得於喪亂則有驊騮思故第鸚鵡失佳人又鯨鯢人海涸魑魅棘林幽得於道宮則有碁聲花院閉幡影石壇高得於夏景則有

池涼清鶴夢林靜禽僧儀得於佛寺則有松日明金像苔龕響木魚又解吟僧亦俗愛舞鶴終卑得於郊園則有遠坡春旱慘猶有水禽飛得於樂府則有晚妝留拜月春睡更生香得於寂寥則有孤螢出荒池落葉穿破屋得於愜適則有客來當意愜花發遇歌成雖庶幾不瀕於淺涸亦未廢作者之譏訶也七言云逃難人多分隙地放生鹿大出寒林又得劍乍如添健僕亡書久似憶良朋又孤嶼池痕春漲滿小欄花韻午晴初又故國春歸未有涯小欄高檻別人家五更惆悵迴孤枕猶自殘燈照落花又甲子今重數生涯只自憐殷勤元昨日勞午又明年皆不拘一概也蓋絕句之作本於詣極此外千變萬狀不知所以神而自神也豈容易哉今足下之詩時聲固有難及儻復以全美爲上郎知味外旨矣此唐人自論其詩之言尤宜體認

至如皎然詩式船山王氏夫固辭而闢之矣雖於體勢作用四聲宗旨取境諸篇言之綦切但兔園册子而已今姑錄如下備觀覽焉跌宕格二品一曰越俗其道

如黃鶴臨風邈逸神遠杳不可羈郭景純游仙詩左挹浮丘袂右拍洪厓肩鮑明遠詩舉頭四顧望但見松柏園荊棘鬱叢叢中有一鳥名杜鵑言是古時蜀帝魂聲音哀苦鳴不息羽毛憔悴似人髡飛走樹間啄蟲蟻豈知往日天子尊念茲死生變化非常理中心惻愴不能言二曰駭俗其道如楚有接輿魯有原壤外示驚俗之貌內藏達人之度郭景純游仙詩嫦娥揚妙音洪厓頷其頤王梵志道情詩我昔未生時冥冥無所知天公強生我生我復何爲無衣使我寒無食使我飢還你天公我還我未生時賀知章放達詩云落花眞好些一醉一囘顚盧照鄰漫作云城狐尾獨速山鬼面參覃(乙)淈沒格一品曰澹俗此道如夏姬當壚似蕩而貞宋吳楚之風雖俗而正古歌曰華陰山頭百尺井下有流泉徹骨冷可憐女子來照影不照其餘照斜領(丙)調笑格一品曰戲俗漢詩云匡鼎來解人頤蓋說詩也此一品非雅作足以爲調笑之資矣李白上雲樂女媧弄黃土摶作愚下人散在六合間濛濛若埃塵此嚴於體格者也

又有語意勢三同之說一偸語詩例云如陳后主詩日月光天德取傅長虞日月光太清上三字語同下二字義同是爲最鈍二偸意詩例云如沈佺期詩小池殘暑退高樹早涼歸取柳惲太液滄波起長楊高樹秋是亦未可原恕三偸勢詩例云如王昌齡詩手携雙鯉魚目送千里雁悟彼飛有適嗟此罹憂患取嵇康目送歸鴻手揮五絃俯仰自得游心太玄此則才巧意精若無朕迹蓋猶偸狐白裘手可從漏網者也

又辨體十九字 高（風韻切暢曰高）逸（體格閒放曰逸）貞（放詞正直曰貞）忠（臨危不變曰忠）節（持節不改曰節）志（立志不改曰志）氣（風清耿耿曰氣）情（緣情不盡曰情）思（氣多含蓄曰思）德（詞溫而正曰德）誡（檢束防閑曰誡）閒（性情疏野曰閒）達（心跡曠誕曰達）悲（傷甚曰悲）怨（詞理悽切曰怨）意（立言曰意）力（體裁勁健曰力）靜（非如松風不動林狖未鳴乃謂意中之靜）遠（非謂淼淼望水杳杳看

山乃謂意中之遠）

又闢四聲八病云沈休文酷裁八病碎用四聲故風雅殆盡後之才子天機不高爲沈生病法所媚懵然隨流溺而不返此又通論作詩之要可資取法者也案沈約聲病之說見於宋魏慶之之詩人玉屑其言云詩病有八

一曰平頭　第一第二字不得與第六第七字同聲如（今）（日）良宴會（歡）（樂）難具陳今歡皆平聲日樂皆入聲

二曰上尾　第五字不得與第十字同聲如靑靑河中（草）鬱鬱園中（柳）草柳皆上聲（或引作西北有高樓上與浮雲齊）

三曰蜂腰　第二字不得與五字同聲如聞（君）愛我（甘）竊（欲）自修（飾）君甘皆平聲欲飾皆入聲

四曰鶴膝　第五字不得與第十五字同聲如客從遠方（來）遺我一書札上言長相（思）下言久離別來思皆平聲

五曰大韻　如聲鳴爲韻上八字不得用驚傾平榮字

六曰小韻　除第十一字外九字中不得有兩字同韻如遙條不同

七曰旁紐八曰正紐　十字有兩字疊韻爲正紐若不共一紐而有雙聲爲旁紐如流久爲正紐流柳爲旁紐　八種惟上尾鶴膝最忌餘病亦皆通

王元美藝苑卮言云休文拘滯正與古體相反惟於近律差有關耳然亦不免商君之酷後四病尤無謂不足道也其意亦本之皎然云顧起衰之功端推李白不有李氏則射洪緒微曲江響絕雖有少陵將一木安能支大厦乎今觀其古風一卷上薄風騷而指斥時事足稱詩史李陽冰稱其不讀非聖之書恥爲鄭衛之作凡所著述言多諷興洵不誣也茲就盛唐以來諸家品第略爲詮次如下備攷證焉

李白字太白蜀人初隱岷山志氣弘放飄然有超世之心益州長史蘇頲見而異之比諸相如天寶初至長安賀知章見其文歎爲謫仙言於明皇遂得召見旋游

山東縱酒自放族人陽冰為當塗令因往依之以疾卒陽冰為集其文序之略云陳拾遺橫制頹波天下質文翕然一變至今朝詩體尚有梁陳宮掖之風至公大變掃地併盡今古文集遏而不行唯公文章橫被六合可謂力敵造化歟管世銘云太白樂府詠古諸題合節應絃極經意之作也尋常酬應亂頭麤服不經意之作也於經意處得其深奇於不經意處得其灑脫又云贈江夏韋太守八百三十字生平略具縱橫恣肆激宕淋漓眞少陵北征勁敵後人舍此而舉昌黎南山失其倫矣歌行長句縱橫開闔不可端倪高下短長唯變所適昂昂若千里之駒汎汎若水中之鳧太白斯近之矣其五律如聽鈞天廣樂心開目明如望海上仙山雲起水湧或通篇不著對偶而興趣天然不可湊泊常尉孟山人時有之太白尤臻其妙不知者纂入古詩反減其美姚鼐亦云盛唐人禪也太白則仙也於律體中以飛動票姚之勢運曠遠奇逸之思此獨成一境者也余按太白一生心事以蕭士贇補註最得其隱至陳沆詩比興箋出而愈極其詳誠讀李者所宜取則也

杜甫、字子美、審言之孫。初應進士不第。後獻三大禮賦。明皇奇之。召試文章。授京兆府兵曹參軍。肅宗卽位靈武。甫自賊中遯赴行在。拜左拾遺。以論救房琯出爲華州司功參軍。久之、補京兆府功曹。未赴。嚴武鎭蜀。奏爲參謀檢校工部員外郎。賜緋。乃日於成都浣花里種竹植樹。枕江結廬。縱酒嘯歌其中。武卒之東蜀就高適。適已卒。蜀亦大擾。乃游衡湘。卒於耒陽。元稹誌其墓云、余讀詩至杜子美。而知大小之有所總萃焉。始堯舜時。君臣以賡歌相和。是後詩人繼作。歷夏殷周千餘年。仲尼緝拾選練。取其干預教化之尤者三百篇。其餘無聞焉。騷人作而怨憤之態繁。然猶去風雅日近。尙相比擬。秦漢已遠。採詩之官既廢。天下妖謠民謳、歌頌諷賦、曲度嬉戲之詞。亦隨時間作。至漢武帝賦柏梁詩。而七言之體興。蘇子卿李少卿之徒。尤工爲五言。雖句讀文律各異。雅鄭之音亦雜。而詞意簡遠。指事言情。自非有爲而爲。則文不妄作。建安之後。天下文士遭罹兵戰。曹氏父子鞍馬間往往橫槊賦詩。其遒壯抑揚。冤哀悲離之作。尤極於古。晉世風概稍存。宋齊之間。教失本根士子以簡慢歙習舒徐相尚文章以風容色澤放曠精清爲高蓋吟寫性靈流連光景之文也意義格力固無取焉陵遲至於梁陳淫豔刻飾佻巧小碎之詞劇又宋齊之所不取也唐興官學大振歷世之文能者互出而沈宋之流又研練精切穩順聲勢謂爲律詩由是文體之變極焉然而莫不好古者遺近務華者去實效齊梁則不逮於魏晉工樂府則力詘于五言律切則骨格不存閑暇則纖濃莫備至于子美蓋所謂上薄風雅下該沈宋言奪蘇李氣吞曹劉掩顏謝之孤高雜徐庾之流麗盡得古今之體勢而兼人人之所獨專矣又云李白壯浪縱恣擺去拘束模寫物象及樂府歌詩誠亦差肩子美矣至如鋪陳終始排比聲韻大或千言次猶數百詞氣豪邁而風調清深屬對律切而脫棄凡近則李尚不能歷其藩翰況堂奧乎又孫僅序其集云中古而下文道繁富風若周騷若楚文若西漢咸角然天出萬世之衡軸也後之學者瞽實聾正不守其根而好其枝葉由是日誕月豔蕩而莫返曹劉應楊之徒唱之沈謝徐庾之徒和之爭柔鬥葩聯組擅

繡萬鈞之重爍爲錙銖眞粹之氣殆將滅矣泊夫子之爲也刷陳梁亂齊宋抉晉魏瀦其淫波遏其煩聲與周楚西漢相準的其敻邈高聲則若鑿太虛而嗷萬籟其馳驟怪駭則若仗天策而騎箕尾其首截峻整則若儼鉤陳而駕雲漢樞機日月開闔雷電鼎鼎然神其謀挺其勇握其正以高視天壤趨入作者之域所謂眞粹氣中人也公之詩支而爲六家孟郊得其氣焰張籍得其簡麗姚合得其清雅賈島得其奇僻杜牧薛能得其豪健陸龜蒙得其贍博皆出公之奇偏爾尚軒軒然自號一家嚇世烜俗後人師倣不暇剗合之乎風騷而下唐而上一人而已管世銘云工部五言盡有古今文字之體前後出塞三別三吏固爲詩中絕調漢魏樂府之遺音矣他若上韋左丞書體也留花門論體也北征賦體也送從第亞序體也錢堂青陽峽以上諸詩記體也遭田父泥飲頌體也義鶻病柏說體也織成縟段箴體也八哀碑狀體也送王砯紀傳體也可謂牢籠衆有揮斥百家至七古則隨物賦形因題立制如怒猊抉石如香象渡河如秋隼搏空如春鯨跋浪如洞

庭張樂魚龍出聽如昆陽濟師頷豐皆震如太原公子裼裘高步而來如許下狂生蹀躞操撾而至千態萬狀不可殫名悲喜無端俯仰自失觀止之歎意在斯乎

又云少陵一生篤于倫誼夢中吾見弟書到汝爲人同氣之愛也香霧雲鬟濕清輝玉臂寒伉儷之情也世亂憐渠小家貧仰母慈父子之恩也一病緣明主三年獨此心盡哀知有日爲客恐長休友朋之誼也至于愛君憂國每飯不忘尤不可以枚舉其得於詩之本者厚者故曰詩聖至七律尤曲盡其變蓋昔人多以自在流行出之作者獨加以沈鬱頓挫其氣盛其言昌格法句法字法章法無美不備無奇不臻橫絕古今莫能兩大諸將五首直以天下全局運量胸中如借兵回紇府兵法壞宦官監軍皆關當時大利大害而廷臣無能見及者氣雄辭傑足以稱其所欲言

高適字達夫渤海蓨人舉有道科釋褐封邱尉哥舒翰表爲左驍衞兵曹掌書記進左拾遺轉監察御史節度淮南貶蜀彭二州刺史進成都尹劍南西川節度使

入爲刑部侍郞、散騎常侍、封渤海縣侯。卒贈禮部尙書。謚曰忠。喜功名。尙氣節。年過五十。始學爲詩。以氣質自高。開寶以來。詩人之達者。惟適而已。

岑參、南陽人。本文之後。少孤貧。篤學。天寶三年進士。由率府參軍。累官右補闕。論斥權佞。代宗總戎陝服。委以書奏之任。出刺嘉州。杜鴻漸鎭西川。表爲從事。以職方郞兼侍御史領幕職。使罷。流寓蜀中。卒。其詩八卷。杜確序之。謂其屬辭尙清。用意尙切。迫拔孤秀。出于常情。每一篇出。人爭傳寫。比諸吳均何遜焉。楊愼亦云。參當天寶與杜子美並世。子美數與唱酬。比之謝朓。又薦之肅宗。稱其職度清遠。議論雅正。時輩所仰。可備獻替。子美自許甚高。其立朝。他無所見。獨薦此一人耳。不知其人。視其與。子美所推轂。其人可知矣。

王維、字摩詰。河東人。開元九年進士第一。天寶末。官給事中。安祿山陷兩都。爲賊所得。服藥陽瘖。拘于菩提寺。祿山宴凝碧池。維潛賦詩悲悼。聞于行在。賊平。宥罪。官至尙書右丞。維工書畫。尤以詩名。天寶之際。寧薛諸王駙馬豪貴。無不拂席相迎當得宋之問輞川別墅山水絕勝頗多賦詠殷璠河嶽英靈集稱其詞秀調雅意新理愜在泉爲珠著壁成繪一句一字皆出常境蘇軾亦云維詩中有畫畫中有詩也

孟浩然襄陽人少隱鹿門山年四十乃游京師賦詩太學值秋月新霽浩然句云微雲淡河漢疏雨滴梧桐一坐嗟伏爲之閣筆與張九齡王維爲忘形交維嘗私邀入內署適駕至乃匿諸牀下而以實對帝喜曰朕聞其人而未見也詔出之誦所爲詩至不才明主棄帝曰卿不求仕朕未嘗棄卿奈何誣我因放還采訪使韓朝宗重約赴京以劇飲不赴竟不悔也九齡鎭荆州署爲從事開元二十八年卒維爲畫像郢州刺史亭名曰浩然鄭誠又更之曰孟亭其高致可想也宜城王士源得其詩序而傳之浩然詩每佇興而作造意極苦篇什既成洗削凡近超然獨妙雖氣象清遠而采秀內映藻思所不及當明皇時章句之風大得建安體論者推李杜爲尤介其閒能不媿者浩然也殷璠云浩然詩文彩丰茸經緯綿密半遵

雅調全削凡體至如衆山遙對酒孤嶼共題詩無論興象兼復故實又氣蒸雲夢澤波動岳陽城亦爲高唱去病案夢字平聲此誤作仄

李頎東川人家穎陽開元十三年進士官新鄉尉殷璠云頎詩發調既清修辭亦綉雜歌咸善玄理最長則其製作亦可悟矣

右卽所謂盛唐四家是也論世次俱早于李杜而論製作固當讓二公出一頭地耳然諸家詩格亦自不同沈德潛云意太深氣太渾色太濃詩家一病故曰穆如清風右丞詩每從不着力處得之襄陽詩從靜悟得之故語淡而味終不薄此詩品也然比右丞之渾厚尚非魯衛管世銘云以禪喻詩昔人所詆然詩境究貴在悟五言尤然王孟逸才妙悟笙磬同音同時李頎儲光羲之徒遙相應和共一宗風正始之音於斯爲盛又云東川七古只讀得兩漢爛熟故信手揮洒無一俗韻摩詰善錯綜子史而言不欲盡詞旨溫麗音節鏗鏘蔚爲一朝冠冕高常侍豪宕感激岑嘉州創闢經奇各有建大將旗鼓出井陘之意又評七言云王右丞精深

華妙獨出冠時終唐之世與少陵分席而坐者一人而已李東川擒詞典則結響和平固當在摩詰之下高岑之上高常侍律法稍疏而彌見古意岑嘉州始爲沈着凝鍊稍異于王李而將入杜矣

四子以外復有常建王昌齡儲光羲三子俱推作者建開元十五年進士大歷中爲盱眙尉殷璠河嶽英靈首列其詩且系以論曰高才而無貴仕誠哉是言曩劉楨死于文學左思終于記室鮑照卒于參軍今常建亦淪于一尉悲夫建詩似初發通莊却尋野徑百里之外方歸大道所以其旨遠其興僻佳句輒來唯論意表至如松際露明月清光猶爲君又山光悅鳥性潭影空人心此例十數句並可稱爲警策一篇盡善者戰餘落日黃軍敗鼓聲死今與山鬼隣殘兵哭遼水思旣邈苦詞亦警絕潘岳雖云能敘悲怨未見如此章句也歐公亦云吾嘗愛建竹徑通幽處禪房花木深欲效其語作一聯久不可得始知造意者爲難工也

昌齡字少伯江寧人開元十五年進士補祕書郎復中宏詞科調汜水尉遷江寧

丞以不護細行貶龍標尉世亂還鄉爲刺史閭丘曉所殺殷璠云元嘉以還四百年內曹劉陸謝風骨頓盡頃有太原王昌齡、魯國儲光義頗從厥迹且兩賢氣同體別而王稍聲峻至如明堂坐天子月朔朝諸侯、清樂動千門皇風被九州慶雲從東來泱漭抱日流又雲起太華山雲山互明滅東峯始含景了了見松雪又櫧柟無冬春柯葉連峯稠陰壁下蒼黑烟含清江樓疊沙積爲岡崩劍雨露幽石脉盡橫亙潛潭何時流又京門望西嶽百里見郊樹飛雨祠上來靄然關中暮又奸雄乃得志遂使羣心搖赤風蕩中原烈火無遺巢一人計不用萬里空蕭條又百泉勢相蕩巨石皆却立昏爲蛟龍窟時見雲雨入又去時三十萬獨自還長安不信沙場苦君看刀箭瘢又蘆荻含蒼江石頭岸邊飲又長亭酒未醒千里思動地天仗森森練雪擬身騎驄馬白鷹臂斯並驚耳駭目今略舉其數十句則中興高作可知矣予嘗覩昌齡齋心詩弔軹道賦、謂其人孤潔恬澹與物無傷晚節謗議沸騰言行相背及淪落竄謫竟未減才名固知善毀者不能掩西施之美也按此節河

據英靈與唐詩紀事微異因參用之

光羲兗州人。開元進士官太祝轉監察御史。殷璠云。儲公詩高格調逸趣遠情深。削盡常言挾風雅之道得浩然之氣。述華清宮詩云。山開鴻濛色天轉招搖星。又游茅山詩云。山門入松柏天路涵空虛。此例數百句。已略見荊揚集。不復廣引。璠嘗覩公正論十五卷。九經分義疏二十卷。言博理當。實可謂經國之大才。陳沆云。全唐詩話。光羲有汚祿山僞命之謗。然攷新唐書藝文志儒家類。儲光羲正論十五卷。安祿山反。陷賊自歸。又有從賊中詣行在日記一卷。則光羲已自拔賊中。从亡靈武。與杜少陵麻鞋謁帝大節相同。从未有表而出之者。可勝歎哉。與皮日休之尊崇孟韓。而受降黃巢之謗同一不幸也。（以上通論盛唐）

管世銘云。大曆十子。所傳互異。而皆不及隨州。或以長卿開寶進士。輩行略先。然仲文與摩詰聯吟。皇甫茂政與獨孤至之贈答。而皆居其冠何也。今就詩而論。且用五七律定之。當以劉長卿、錢起、郎士元、皇甫冉、李嘉祐、司空曙、韓翃、盧綸、李端、

李益前後十人爲定而皇甫曾耿湋崔峒輩爲附庸苗發吉中孚夏侯審略之可也所見甚是宜从之

又云說者多以讀少陵後繼以隨州便覺厭厭無色不知其詩與大曆諸公並辦香摩詰原與子美異派善讀者自當另出一番手眼心胸又云大曆諸公善於言情工於選料學爲七律者從此進步可以滌去塵俗自此而之乎開寶則沿河入海矣

劉長卿字文房河間人開元二十一年進士終隨州刺州以詩馳聲上元寶應間權德輿謂爲五言長城皇甫湜亦云詩未有劉長卿一句已呼宋玉爲老兵其見重如此渤海高仲武中興間氣集云長卿有吏幹剛而犯上兩遭遷謫皆自取之詩體雖不新奇甚能鍊飾其得罪風霜苦全生天地仁可謂傷而不怨亦足以發揮風雅矣明陽羨湯皦序其詩云詩者性情之所著也人心憂樂萬感咸以詩洩故盛世不特顯者爲詩和平雖隱者亦無不和平均以鳴其世之盛也衰世不特

隱者爲詩悲憤雖顯者亦無不悲憤均以鳴其世之衰也然則詩訴驕淫謗欲得已而不已者乎隨州之詩其衰世之哀鳴者也蓋長卿時國事尋荒奸諛當路忠良半已剝喪所幸肅宗討賊唐勢頗張終其身又卒以賊敗肅宗且然其餘可知矣故長卿所詠如聞王師收二京聞迎皇太后使至激烈踴躍情詞慷慨有忠君憂世風味其他所咏雖無涉國事而其意未嘗不懸于國家也

錢起字仲文吳興人天寶十年進士仕終尚書考功郎中高仲武云員外詩體格新奇理致清贍芟齊宋之浮游削梁陳之靡嫚迥然獨立莫之與羣如鳥道挂疎雨人家殘夕陽又牛羊上山小烟火隔林疎又長樂鐘聲花外盡龍池柳色雨中深皆特出意表標雅古今又窮達戀明主耕桑亦近郊則禮義克全忠孝兼著足可弘長名流爲後楷式

皇甫冉字茂政丹陽人十歲能屬文張九齡深器之天寶十五年進士第一大曆初累官右補闕卒獨孤及序其集云五言詩之源生於國風廣於離騷著於李蘇

盛於曹劉其所自遠矣當漢魏之間雖以朴散爲器作者猶質有餘而文不足以今揆昔則有朱絃踈越太羹遺味之歎曆千餘歲至沈詹事宋攷功始財成六律彰施五色使言之而中倫歌之而成聲緣情綺靡之功至是乃備雖去雅浸遠其利有過於古者亦猶路鼗出於土鼓篆籀生於鳥跡也沈宋既沒而崔司勳顥王右丞維復崛起於開元天寶之間得其門而入者當代不過數人補闕其人也高仲武云冉詩巧于文字發調新奇遠出情外然而雲藏神女館雨到楚王宮與閑門白日晚倚杖青山暮又遠山重疊見芳草淺深生岸草知春晚沙禽好夜驚又燕知社日辭巢去菊爲重陽冒雨開可以雄視潘張平揖沈謝又巫山詩終篇皆麗自晉宋齊梁陳周隋以來采掇者珍奇無數而補闕獨獲驪珠使前輩失步後輩却立自非天假何以逭斯恨長轡未騁而芳蘭早凋悲夫

盧綸字允言河中蒲人累舉不第元載取其文補閿鄉尉歷官戶部郎中嘗和暢當懷舊詩云吾與吉侍郎中孚司空郎中曙苗員外發崔補闕峒耿拾遺湋李校

書端風塵追游向三十載數公皆負當時盛稱榮耀未幾俱沈泉下傷悼之際暢當博士追感前事賦詩五十韻見寄輒有所酬以申悲舊兼寄夏侯審侍郎其歷述諸子如侍郎文章宗傑出淮楚靈掌賦若吹籟司言如建瓴郎中善餘慶雅韻與琴清鬱鬱松帶雪蕭蕭鴻入冥員外貞貴儒弱冠被華纓月香飄桂實乳溜瀰瓊英補闕思沖融巾拂藝亦精彩蝶戲芳圃瑞雲滋翠屏拾遺興難侔逸調曠無程九醞貯彌潔三花寒轉馨校書才智雄舉世一娉婷賭墅鬼神變屬辭鸞鳳驚差肩曳長裾總轡奉和鈴共賦瑤臺雪同亂金谷笙倚天方比劍沈水忽如瓶君持玉盤珠寫我懷袖盈讀罷涕交頤願言躋百齡綸之才思與十子梗概於此略可覩矣

李益字君虞姑臧人大曆四年進士累官太子賓客禮部尚書貞元間與李賀齊名每作一篇教坊樂人以賂求取唱爲供奉歌辭其征人歌早行篇好事者畫爲屏障嘗錄其從軍詩贈左補闕盧景亮序云吾自兵間故爲文多軍旅之思或軍中

酒酣塞上兵寢投劍秉筆散懷於斯文率皆出乎慷慨意氣武毅果竊本其涼國則世將之後乃西州之遺民歟亦其坎軻當世發憤之所致也觀益斯語是其詩亦略可想已（以上論大曆諸子）

就上所列雖篇什賦詠未減盛時然近體較繁古風漸遠獨韋蘇州之古淡絕勝右丞而與陶爲近柳子厚之峻潔錚然作響而緯有騷情誠堪競爽逮昌黎韓氏出而實大聲宏力追漢魏句奇語重器局一振李杜以後一人而已繼其緒者則孟郊是也昔高仲武撰集大曆諸作爲中興閒氣余謂誠得韓孟之徒羅列一編斯不媿稱中興標題閒氣彼隨州攷功之倫虛猶未有能當之者也

韋應物京兆長安人少以三衛郎事明皇晚更折節讀書累官左司郎中蘇州刺史至貞元中尚存蓋近百歲矣初尚豪俠後乃鮮食寡欲焚香掃地惟顧況劉長卿邱丹秦系皎然之儔得廁賓客與之酬唱詩品高潔比之陶潛劉太眞嘗與書云顧著作來以足下郡齋燕集相示是何情致暢茂遒逸如此宋齊閒沈謝吳何

始精於理意然緣情體物備詩人之旨後之傳者甚失其源惟足下制其橫流師摯之始關雎之亂於足下之文見之矣樂天與元九書亦云近歲韋蘇州歌行才麗之外頗近興諷其五言詩又高雅閑澹自成一家之體今之秉筆者誰能及之然當蘇州在時人亦未甚愛重必待身後然後貴之

柳宗元字子厚河東人進士仕終柳州刺史少精警絕倫爲文章雄深雅健踔厲風發當時流所仰及罹竄逐乃益自刻苦堙厄感鬱一寓諸文讀者悲之沈德潛云柳詩長於哀怨得騷之餘意愚谿諸詠處連蹇困厄之境發清夷淡泊之音不怨而怨怨而不怨行間言外時或遇之管世銘云發纖穠于簡古寄至味于淡泊韋柳詩之定評也蘇州沒後識之者僅一樂天柳州文掩其詩得東坡而始顯當時雖榮歿則已焉文章之道乃反乎是

韓愈字退之南陽人貞元八年進士歷官吏部侍郎卒年五十七贈禮部尚書諡曰文爲詩豪放不避麤險皇甫湜所謂鯨鏗春麗驚耀天下栗密窈眇章妥句適

精能之至。入神出天。洵不誣也。然詩格之變。亦自愈始焉。司空圖柳州詩序云。金之精麤。效其聲。皆可辨也。豈清于磬而渾于鐘哉。然則作者爲文爲詩。才格亦可見。豈當善於彼。不善於此耶。愚亂文人之爲詩。詩人之爲文。始皆繫其所尚。所尚既專。則搜研愈至。故能衒其功於不朽。亦猶力巨而鬭者。所持之器各異。而皆能濟勝。以爲就敵也。愚嘗覽韓吏部歌詩累百首。其驅駕氣勢。若掀雷挾電。撐扶於天地之根。物狀其變。不得鼓舞而狥其呼吸也。其次皇甫祠部文集外所作。亦爲遒逸。非無意於深密。蓋或未遑耳。今於華下方得柳詩。味其探搜之致。亦深遠矣。俾其窮而克壽。抗精極意。則固非瑣瑣者輕可擬議其優劣。又嘗覩杜子美祭太尉房公文。李太白佛寺碑贊。宏拔清麗。乃其歌詩也。張曲江五言沈鬱。亦其文筆也。豈相傷哉。噫。後之學者。褊淺片詞隻句。未能自辨。已側目相詆訾矣。痛哉。因題柳集之末。庶俾後之銓評者。罔惑偏說。以蓋其全工。觀表聖此序。彼韓柳詩之品格。固可略辨矣。沈德潛云。昌黎從李杜崛起之後。能不相沿習。別開境界。雖縱橫變化不迨李杜而規模堂廡彌見闊大洵推豪傑之士又云善使才者當留其不盡昌黎詩不免好盡要之意歸於正規模宏闊骨格整頓原本雅頌而不規規於風人也品爲大家誰曰不宜其四言詩唐人無與儷者平淮西碑尤爲立極管世銘云昔人爲詩未有用力於韻者自韓昌黎橫空盤硬妥貼排奡韻寬者轉更出入旁通韻狹者則界畫謹嚴險阻不避歐陽永叔所謂退之一生偏强見於此也然韻愈齟齬詩愈精神腕中固宜獨有神力又云不讀南山詩那識五言材力放之可以至於如是猶賦中之兩京三都乎彼以囊括苞符此以鑪鎚造化趙翼云昌黎本色仍在文從字順中自然雄厚博大不可捉摸不專以奇險見長又云遊韓門者張籍李翺皇甫湜賈島等昌黎皆以後輩待之盧仝崔立之雖屬平交亦不甚推重所心折者惟孟東野一人薦之於鄭餘慶已推爲李杜後一人其贈東野云我願化爲雲東野化爲龍東野亦云詩骨聳東野詩濤湧退之居然旗鼓相當不復謙讓至東坡讀孟郊詩元遺山論詩絕句皆抑孟而申韓云

孟郊武康人。年五十得進士第。鄭餘慶、鎮興元。奏爲參謀。張籍私謚曰貞曜先生。詩有理致。然思苦奇澀。李翺嘗薦之於張建封。稱其五言自前漢蘇李及建安諸子南朝二謝。能兼其體而有之。李觀亦薦之於梁肅。言其詩高處在古無上。平處下顧兩謝。惟東坡目爲郊寒島瘦。沈德潛云。島瘦固然。郊之寒過求高深。鄰於刻削。其實從性情流出。未可與島並論也。而元遺山云。東野窮愁死不休。高天厚地一詩囚。毋乃太過乎。趙翼云。中唐詩以韓孟元白爲最。韓孟尚奇警。元白尚坦易。詩以性情爲主。奇警者自在詞句間爭難鬥險。而意味或少。坦易者多觸景生情。因事起意。眼前景口頭語。自能沁人心脾。耐人咀嚼。此元白較勝於韓孟。世徒以輕俗訾之。此不知詩者也。元白二人。才力本相敵。然香山歸洛後。益覺老幹無枝。稱心而出。視少年時與微之各以才情工力競勝者。更進一籌。故自成大家。而元稍次。

元稹、字微之。河內人。元和初、對策第一。官左拾遺。太和中、爲武昌節度使。卒。白居易字樂天自號醉吟先生香山居士下邽人貞元進士歷官太子少傅刑部尙書致仕卒二人同時齊名人稱元白咸以樂府擅長號元和體集亦同名長慶稹嘗與白書言少時目擊藩鎭擅權亂國之狀心體悸震若不可活適有以陳子昂感遇詩相示吟翫激烈卽爲寄思玄子詩二十首以達其意久乃得杜甫詩愛其浩蕩津涯處處臻到始病沈宋之不存寄興子昂之未暇旁備每公私感憤道義激揚朋友切磨古今成敗月日遷逝光景舒慘山川勝勢風雲景色當花對酒樂罷哀餘通滯屈伸悲歡合散至於疾恙其身悼懷昔游輒爲賦詠又懶於他欲全盛之氣注射語言雜揉精粗遂成多文有旨意可觀詞近古往者爲古諷意亦可觀流在樂府者爲樂諷詞雖近古而止於吟寫情性者爲古體詞實樂流而止於模象物色者爲新題樂府聲勢沿順屬對穩切者爲律詩稍存寄興與諷爲流者爲律諷伉儷之悲撫存感往爲悼亡詩近昵婦人暈淡眉目綰約頭髮衣服修廣之度及匹配色澤尤極怪艷爲艷詩都八百首二十卷又與令狐文公書言其感物

寓意可備曚瞍之采詞直氣粗罪戾是懼惟盃酒光景屢爲小碎篇章以自吟暢然律體卑下格力不揚苟無姿態則陷流俗欲得思深語近韻律調新屬對無差風情句遠而病未能也江湖間多有新進小生不知天下文有宗主妄相倣傚又從而失之遂至有褊淺之調皆目爲元和詩體又白居易雅善爲詩愛驅駕文字窮極聲韻或爲千言或爲五百言律詩以相投寄自審不能過之往往戲排舊韻別創新詞名爲次韻蓋欲以難相挑耳江湖倣傚而力或不足則至於顚倒語言重複首尾韻同意等不異於篇亦目爲元和詩體司文者攷變異之由往往歸咎于某嘗以爲雕蟲小事不足自明也又白傳洛社詩序云予歷覽古今歌詩自風騷之後蘇李以還次及鮑謝迄於李杜其閒詞人累百詩章鉅萬觀其所自多因讒冤譴逐征戍行旅凍餒病老存歿別離情發於中文形於外故憤憂怨傷之作十八九焉世謂文士多數奇詩人尤命薄於斯見矣又知理安之世少離亂之時多亦明矣予著詩數千首作一數奇命薄之士亦有餘矣今壽過耳順幸無病苦

官至三品免羅飢寒此一樂也苦詞無一字憂歎無一聲豈牽强所能致耶蓋亦發中而形外耳斯樂也實本之於省分知足濟之以家給身閑文之以觴詠絃歌飾之以山水風水此而不適何往而適哉觀於二公之自道則其利病亦略可覩矣葉燮原詩云白詩如重賦致仕傷友傷宅等篇言淺而深意微而顯此風人之能事也至五排屬對精緊使事嚴切章法變化中條理井然讀之使人惟恐其盡人每易視白則失之矣元稹作意勝於白不及白春容暇豫白俚俗處而雅亦在其中終非庸近可儗葉氏非輕許可人者合之甌北所稱元白優拙不具見乎

同時張籍王建咸以樂府擅長人號張王籍字文昌吳人貞元十五年進士爲韓愈所重仕終國子司業建字仲初潁川人大曆十年進士歷仕陝州司馬與籍齊名相善宮詞百首尤傳誦一時唐詩紀事云籍樂府清麗深婉五律亦平淡可喜七言則質多文少人才各自有宜不可强文飾也此外別出者有李賀字長吉亦爲韓愈所稱詩尚奇詭絕去畦徑號昌谷體仕爲協律郎年僅二十七而卒杜牧

序其詩云雲烟綿聯不足爲其態也水之迢迢不足爲其情也春之盎盎不足爲其和也秋之明潔不足爲其格也風檣陣馬不足爲其勇也瓦棺篆鼎不足爲其古也時花美女不足爲其色也荒國陊殿梗莽邱隴不足爲其恨怨悲愁也鯨呿鼇擲牛鬼蛇神不足爲其虛荒幻誕也蓋騷之裔理雖不及詞或過之騷有感怨刺懟言及君臣理亂時有以激發人意而賀所爲得無有是使且未死奴僕命騷可也其推重如此然不善學之則晦昧格塞最易墮入惡道蓋中唐之世鑒於盛唐詩人之氣體明備咸有不可攀躋之勢故其爲詩務極其心思才力而別出於彪奇拗僻之塗以標新而領異或過求平易使老嫗皆解韓白李賀諸子其尤著也然而猶足搘柱以自存故曰中唐至晚唐則自義山牧之外一味仰人鼻息專事依傍甚至支離瑣碎玩物喪志益不足與于斯文之選矣（以上中唐）

晚唐藩鎭擅權國運益亟故文氣亦復寖衰不振其能自樹者斷推義山牧之時人亦號李杜洵堪輝映最後則司空表聖一人而已殆可謂結四唐之局者也義

山名商隱自號玉溪生河內人開成二年進士柳仲郢節度劍南辟判官檢校工部員外郎卒與溫庭筠齊名號曰溫李然溫詩纖穠柔媚直似詩餘未足與李相頡頏也當時樂天極喜李詩有死得爲爾子足矣之語宋初楊大年等宗之名西崑體王荊公亦喜之謂學杜而得其藩籬惟義山一人而已朱鶴齡云義山詩乃風人之緒音屈宋之遺響蓋得子美之深而變出之者也豈徒以徵事奧博擷采妍華與飛卿柯古爭霸一時哉管世銘云義山當朋黨傾危之際獨能乃心王室便是作詩根源其哭劉蕡重有感曲江等詩不減老杜憂時之作組織太工或爲撏撦家藉口然意理完足神韻悠長異時西崑諸公未有能學而至者也

牧之名牧京兆萬年人太和二年進士復舉賢良方正仕終考功郎中知制誥中書舍人剛直有奇節敢論列大事指陳利病其詩情致豪邁人稱小杜以別于甫

沈德潛謂其足矯當時柔媚之病洵篤論也司空圖最後起而論詩特精朱溫篡弒尤能不汚僞命絕食而死其氣節彌復可取同時韓冬郎偓羅昭諫隱亦以全

節著稱。殆可謂歲寒三友者歟。圖河中虞鄉人。咸通進士。自號知非子。耐辱居士。偓字致堯。萬年人。龍紀元年進士。仕至兵部侍郞。以不附朱溫。貶秩。依王審知卒。有翰林集一卷。愛君憂國。氣格渾成。足稱其爲人。別有香奩三卷。則和凝所作。嫁名于偓者也。（見全唐詩話）隱。餘杭人。自號江東生。錢鏐引爲錢唐令。掌書記。授司勳郞。溫以諫議大夫召。不行。其詩以諷刺爲主。駕幸蜀諸章。尤不忘本朝云。

要之。詩至於唐。盛矣。極矣。蔑以加矣。而初唐之世。如朝曦突出。蒼蒼涼涼。光芒雖已四迸。而曉露猶未晞也。至盛唐。則如日正中。光華煥發。令人不可逼視。皜皜乎不可尚已。中唐則日之既昃。而磗影遲遲。儘勝留戀。迨乎晚唐。而夕陽雖好。近黃昏矣。管世銘曰。五言肇興。至唐將及千載。故其境象尤博。就唐代論之。陳張爲先聲。王孟爲正響。常建劉眘虛幾於蘇李天成。李頎王昌齡不減曹劉自得。陶翰慷慨。喜言邊塞。儲光羲眞樸。善說田家。岑嘉州峭壁懸崖。峻不得上。元次山松風澗雪。凜不可留。李供奉襟情倜儻。集建安六代之成。杜員外氣韻沈雄。盡樂府古詞之變韋柳以澄澹爲宗錢李以風標相尙韓孟皆戛戛獨造而塗畛又分樂天若平平無奇而裨益自遠其他一吟一詠各自成家不可枚舉於戲其極天下之大觀乎七古則整齊於高岑王李飄灑於太白沈雄於少陵倔强於昌黎蓋猶七雄之並峙也前之王楊盧駱後之元白張王則宋衞中山之君也韓翃盧綸王李之附庸昌谷樊南退之之屬國也惟李杜則昌黎而外蓋莫敢問津焉

第十六篇　兩宋之中衰

晚唐以還詩人之能事已盡盧仝險怪韓偓香奩襲美天隨更倡迭和而支離瑣碎大背宗風洎更五季干戈俶擾詩教益微宋興有九僧者咸襲晚唐厥後楊億劉筠錢惟演等十七人又宗法義山互相仿效得詩二百四十七首名曰西崑酬倡一時扇爲風尙然僅涉義山之藩籬而未升其堂奥故歐陽修氏恐其流靡而莫知返也乃一以優游坦夷之詞矯而變之斯體遂廢同時梅堯臣蘇舜欽亦宗杜韓致有歐梅之目亦稱蘇梅王安石繼之而皆未極其至及眉山蘇軾起悉兼

李杜韓白之長規模始大黃庭堅繼之而宗尚稍異故蘇黃雖齊名而蘇門六君子江西詩派等魯直又獨樹一幟焉然蘇擅天才黃實未足以掩之猶之南渡之有范陸放翁固不讓乎石湖也茲先就北宋諸家詩人論列如下

（一）晚唐派之九僧　曰劍南希晝金華保暹南越文兆天台行肇沃州簡長貴城惟鳳淮南惠崇江東宇昭峨嵋懷古　歐陽公六一詩話云國朝浮圖以詩名于世者九人故時有集號九僧詩今不復傳矣余少時聞人多稱之其一曰惠崇餘八人者忘其名字也余亦略記其詩有云馬放降來地雕盤戰後雲又云春生桂嶺外人在海門西其佳句多類此其集已亡今人多不知有所謂九僧者矣是可歎也當時有進士許洞者善爲詞章俊逸之士也因會諸詩僧分題出一紙約曰不得犯此一字其字乃山水風雲竹石花草雪霜星月禽鳥之類于是諸僧皆閣筆溫公續詩話云九僧詩余游萬安山五泉寺得之於進士閔交如舍直昭文館陳充集而序之其美者亦止于

世人所稱數聯耳。

（二）西崑體之十七人　曰楊億（字大年翰林學士左司諫知制誥）、劉筠（字子儀大理評事祕閣校理）、錢惟演（字希聖太僕少卿直祕閣）、李宗諤（翰林學士）、陳越（著作佐郎直史館）、李維（戶部員外郎直集賢院）、劉隲（工部員外郎直集賢院）、丁謂（樞密直學士）、刁衎（兵部員外郎直祕閣）、張詠（樞密直學士）、錢惟濟（恩州刺史）、任隨（太常丞直集賢院）、舒雅（職方員外郎祕閣校理監舒州靈仙觀）、晁迥（翰林學士）、崔遵度（左司諫直史館）、薛映（右諫議大夫）、劉秉、歐公云、楊大年與錢劉數公唱和。自西崑集出。時人爭效之。詩體一變。而先生老輩患其多用故事。至于語僻難曉。殊不知自是學者之弊。如子儀新蟬云。風來玉宇鳥先轉。露下金莖鶴未知。雖用故事。何害為佳句也。又如峭帆橫渡官橋柳。疊鼓驚飛海岸鷗。其不用故事。又豈不佳乎。蓋其雄文博學。筆力有餘。故無施而不可。非如前世號詩人者區區於風雲草木之類。為許洞所困者也。

（三）白樂天派　若王禹偁之徒。此派除小畜集外。未甚著。

（四）李杜韓派　以歐公稱首而子美聖俞爲之羽翼者也　葉夢得石林詩話公詩始矯崑體專以氣格爲主故其言多平易疎暢律詩意所到處雖語有不倫亦不復問而學之者往往遂失眞傾困倒廩無復餘地然公詩好處豈專在此如崇徽公主手痕詩玉顏自古爲身累肉食何人與國謀此自是兩段大議論而抑揚曲折發見于七字之中婉麗雄勝字字不失相對雖崑體之工者亦未易比言意所會要當如是乃爲至到子美集歐公序之略云天聖間予舉進士見學者務以言語聲偶擿裂號爲時文以相誇尙而子美獨與兄才翁及穆參軍伯長作爲古歌詩雜文時人頗共非笑之子美不顧也其後詔書諷勉由是其風漸息而學者稍趨於古獨子美爲於舉世不爲之時其始終自守不牽世俗趨舍可謂特立之士也其序宛陵集云聖俞少以蔭補爲吏累舉進士抑於有司困於州縣凡十餘年猶從辟書爲人之佐鬱其所畜不得奮見於事業其家宛陵幼習於詩自爲童子出語已驚其

長老既長學乎六經仁義之說其爲文章簡古純粹不求苟說於世世之人徒知其詩而已然時無賢愚語詩者必求之聖俞聖俞亦自以其不得志者樂於詩而發之故其平生所作於詩尤多王文康公嘗見而歎曰二百年無此作矣奈何老不得志徒發於蟲魚物類羈愁感歎之言可不惜哉六一詩話云聖俞子美齊名於一時而二家詩體特異子美筆力豪儁以超邁橫絕爲奇聖俞覃思精微以深遠閒淡爲意各極其長雖善論者不能優劣也余嘗於水谷夜行詩略道其一二云子美氣尤雄萬竅號一噫有時肆顛狂醉墨灑滂霈譬如千里馬已發不可殺盈前盡珠璣一一難揀汰梅翁事清切石齒漱寒瀨作詩三十年視我猶後輩文詞愈精新心意雖老大有如妖韶女老自有餘態近詩尤古硬咀嚼苦難嘬又如食橄欖眞味久愈在蘇豪以氣轢舉世徒驚駭梅窮獨我知古貨今難賣語雖非工謂粗得其彷彿然不能優劣之也又云聖俞嘗語余曰詩家雖率意而造語亦難若意新語工得

前人所未道者斯爲善也必能狀難寫之景如在目前含不盡之意見於言外然後爲至矣賈島云竹籠拾山果瓦瓶担石泉姚合云馬隨山鹿放鷄逐野禽栖等是山邑荒僻官況蕭條不如縣古槐根出官清馬骨高爲工也余曰語之工者固如是狀難寫之景含不盡之意何詩爲然聖俞曰作者得于心覽者會以意殆難指陳以言也雖然亦可略道其彷彿若嚴維柳塘春水漫花塢夕陽遲則天容時態融和駘蕩豈不如在目前乎又若溫庭筠鷄聲茅店月人跡板橋霜賈島怪禽啼曠野落日恐行人則道路辛苦羈愁旅思豈不見於言外乎觀乎歐公所稱則聖俞誠深心人也至歐公詩學昌黎亦可於其評韓見之如云退之筆力無施不可而嘗以詩爲文章末事故其詩曰多情懷酒伴餘事作詩人也然其資談笑助諧謔叙人情狀物態一寓於詩而曲盡其妙此在雄文大手固不足論而余猶愛其工於用韻也蓋其得韻寬則波瀾橫溢泛入傍韻乍還乍離出入迴合殆不可拘以常格如此曰

足可惜之類是也得韻窄則不復傍出而因難見巧愈險愈奇如病中贈張十八之類是也余嘗與聖俞論此以爲善馭良馬者通衢廣陌縱橫馳逐惟意所之至於水曲蟻封疾徐中節而不少蹉跌乃天下之至工也聖俞戲曰前史言退之爲人木強若寬韻可自足而輒旁出窄韻難獨用而反不出豈非其拗強而然歟觀此又知歐梅宗尙固自不同也故歐公亦云聖俞平生所自負者皆某所不好所卑下者皆某所稱賞（見中山詩話）則兩家趨向略可判已半山最後起其詩以老杜爲宗得其瘦勁石林云荆公少以意氣自許故詩語惟其所向不復更爲涵蓄如天下蒼生待霖雨不知龍向此中蟠又濃綠萬枝紅一點動人春色不須多平治險穢非無力潤澤焦枯是有才之類皆直道其胸中事後爲羣牧判官從宋次道盡假唐人詩集博觀而約取晚年始盡深婉不迫之趣乃知文字雖工拙有定限然亦必視初壯方其未至時不能力強而遽至也又云公晚年詩律精嚴造語用字間不容髮然意與

言會言隨意遣渾然天成殆不見有牽率排比處如含風鴨綠鱗鱗起弄日鵝黃裊裊垂讀之初不覺有對偶至細數落花因坐久緩尋芳草得歸遲但見舒閒容與之態耳

(五)蘇黃　陳師道後山詩話云東坡始學劉禹錫故多怨刺學不可不慎也晚學太白至其得意則似之矣然失於粗以其得之易也許顗彥周詩話云東坡詩不可指摘輕議詞源如長河大江飄沙卷沫枯槎束薪蘭舟繡鷁皆隨流矣珍泉幽澗澄澤靈沼可愛可喜無一點塵滓只是體不似江湖讀者幸以此意求之張芸叟亦云東坡詩如武庫初開矛戟森然一一求之不無利鈍王士禎云歐公見蘇文忠自謂老夫當放此人出一頭地蓋非獨古文也唯詩亦然文忠公七言長句之妙自子美退之後一人而已沈德潛說詩晬語云子瞻胸有洪鑪金銀鉛錫皆歸鎔鑄其筆之超曠等于天馬脫羈飛仙游戲窮極變幻而適如意中所欲出韓文公後又開闢一境界也然長于

七言短于五言工於比喩拙於莊語姚鼐云東坡天才有不可思議處其七律只用夢得香山格調其妙處豈劉白所能望哉

山谷詩褒貶互異褒之者如呂居仁之作江西詩社宗派圖推崇洵爲極至而魏泰王若虛等極詆之魏作臨漢隱居詩話云庭堅好用南朝人語專求古人未使之事又一二奇字綴葺而成詩自以爲工其實所見之僻也故句雖新奇而氣乏渾厚吾嘗作詩題其篇後略云端求古人遺琢挾手不停方其拾璣羽往往失鵬鯨蓋謂是也若虛滹南詩話云山谷之詩有奇而無妙有斬絕而無橫放鋪張學問以爲富點化陳腐以爲新而渾然天成如肺肝中流出者不足也此所以力追東坡而不及歟又云魯直欲爲東坡之邁往而不能于是高談句律旁出樣度務以自立而相抗然不免居其下也又引東坡語云每見魯直詩未雲不絕倒讀魯直詩如見魯仲連李太白不敢復論鄙事雖若不適用然不爲無補于世又如蝤蛑江瑤柱格韻高絕盤餐盡

癡然多食則動風發氣是皆於黃詩深致其不滿者也然山谷詩學實本之於其父黃庶與其外舅謝師厚蓋二公皆學杜者也而洪炎序其詩則謂其發源以治心修性爲宗本放而至于遠聲色薄軒冕極其致憂國愛民忠義之氣隱然見于筆墨之外凡句法置字律令新新不窮包曹劉之波瀾兼陶謝之宇量可使子美分座太白却行非若察察然如新安石瀼潼關花門秦中吟樂游原之什幾于罵者可比亂炎此序殆如後山所稱學甫而不爲者歟馬端臨文獻通考亦云山谷自黔州後句法尤高筆致放縱實天下之奇作自宋興以來一人而已其旨類皆以宗派爲歸至王士禛始云蘇公淩踔千古獨心折山谷數效其體前人之虛懷若此後世腐儒乃謂山谷與東坡爭名何其陋耶山谷雖脫胎于杜顧其天姿之高筆力之雄自闢庭戶宋人作江西宗派圖極尊之配食子美要亦非山谷意也其言最爲公允

（六）蘇門六君子　先是黃庭堅秦觀晁補之張來俱從蘇軾游號蘇門四學

士後復益以陳師道李方叔因名六君子而山谷獨執牛耳焉觀字少游一字太虛揚州高郵人少豪雋慷慨溢於文詞蘇軾守徐州觀作黃樓賦寄之軾以爲有屈宋才因介其詩於王安石安石亦謂淸新似鮑謝也補之字无咎鉅野人與兄沖之齊名王士禛云元祐文章之盛推蘇門六君子黃嘗自負其詩在晁張之上顧无咎七言佳處頗得文忠之逸叔用具茨集寥寥無多一鱗片甲殆高出无咎之上議者以爲惟陸務觀能彷彿之非過論也耒字文潛楚州淮陰人蘇軾稱其文汪洋沖澹有一倡三歎之聲晚歲詩務平淡放白居易樂府效張藉云師道字履常一字無已號后山居士彭城人學識貧絕有經世才慕古作者不爲進取計也年十六謁曾南豐大器之遂業於門譽望甚偉及見豫章黃公詩愛不捨手卒從其學黃亦不讓士或謂其過之惟自謂不及也（見門人魏衍集記）又元城王雲云建中靖國辛巳冬雲別涪翁于荊州翁曰陳無已天下士也其讀書如禹之治水知天下之脉絡有開有

塞至于九川滌源西海會同者也其論事救首救尾如常山之蛇其作文深知古人之關鍵其作詩深得老杜之句法今之詩人不能當也又楊一清云黃陳雖號江西派而其風骨逼近老杜宋詩蓋至此極矣自今讀后山詩固驚其雄健清勁幽邃雅淡有一塵不染之氣夷考其行矯厲凌烈窮餓不悔則詩又特其緒餘耳又王原序其集云後山之於杜神明於矩矱之中折旋于虛無之際較蘇之馳騁跌宕氣似稍遜而格律精嚴過之若黃之所有無一不有黃之所無陳則精詣其於少陵以云具體雖未敢知然超黃匹蘇斷斷如也後山亦云學詩當以子美爲師有規矩故可學學之不成不失爲工無韓之才與陶之妙而學其詩終爲白樂天爾余案其語不第師古之善殆或有諷於蘇氏耶又謂寧拙毋巧寧樸毋華寧粗毋弱寧僻毋俗詩文皆然此又足見其宗尚已方叔名廌詩不甚著

（七）江西詩派　昉自呂居仁本中呂本宋州人徙居壽州有詩名著紫薇詩

話。自言傳江西衣鉢。因作江西詩社宗派圖。自黃庭堅而下。列陳師道、潘大臨、謝無逸、洪芻、饒節、僧祖可、徐俯、洪朋、林敏修、洪炎、汪革、李錞、韓駒、李彭、晁冲之、江端本、楊符、謝薖、夏倪、潘大觀、林敏功、何顒、王直方、僧善權、高荷、等凡二十五人而已。亦附名其末。以爲其源流皆出自山谷也。顧今攷圖中所列二十五人。除後山刻意學杜足繼山谷外。其他名世者寥寥無幾。而或師儲韋。或師二蘇。宗尙非一家也。至何人表顒潘仲達大觀。竟有姓名而無詩。王直方詩絕少。亦無可采。又且後山係彭城人。韓子蒼陵陽人。潘邠老黃州人。夏均父二林蘄人。晁叔用江子之開封人。祖可京口人。高子勉京西人。非皆江西也。而繫以江西者。尊所自出耳。故秦少游與山谷日相倡和。曾文清乃贛人。與紫微時以詩往還。而均不入派。其去取固自有深意焉。迨後劉克莊潛夫撰江西詩派小序。亦頗資考信。序云。國初詩人潘閬魏野。規規晚唐格調。寸步不敢走作。楊劉專爲崑體。故優人有尋扯義山之誚。蘇梅變以平淡豪俊和者尙寡六一坡公巍然大家學者宗焉然二公亦各極其天才筆力非必鍛鍊勤苦而成豫章會粹百家句律之長究極歷代體製之變蒐獵奇書穿穴異聞作爲古律自成一家雖隻字半句不輕出遂爲本朝詩家宗祖在禪學中比得達摩不易之論也又云後山樹立甚高其議論不以一字假借人其師豫章如射較一鏃奕角一著後山地位去豫章不遠故能師之若秦晁諸人則不能爲此言矣又云子蒼蜀人學出蘇氏與豫章不相接呂公强之入派子蒼殊不樂其詩有磨淬翦截之功終身改竄不已故所作少而善徐師川豫章之甥自爲一家不似渭陽高自標樹藐視一世又以名節自任同時多推下之潘邠老自云師老杜然有空意無實力夏均父亦有深蕪之評三洪皆豫章之甥龜父警句往往前人所未道駒父詩尤工夏均父擬陶韋疊疊逼眞律詩用事琢句超出繩墨言近旨遠可以諷味蓋用功於詩非無意於文之文也謝無逸輕快有餘而欠工緻幼槃差若思晁叔用意度

宏闊氣力寬餘一洗詩人窮餓酸辛之態南渡後惟放翁足以繼之高子勉親見山谷經指授記覽多押險韻略無窘態呂紫微作夏均父集序云學詩當識活法所謂活法者規矩備具而能出于規矩之外變化不測而亦不背於規矩也是道也蓋有定法而無定法無定法而有定法知是者則可以與語活法矣謝玄暉有言好詩流轉圜美如彈丸此眞活法也近世豫章首變前作之弊而後學者知所趨向畢精盡知左規右矩庶幾變化不測然余區區之論皆漢魏以來有意于文者之法而非無意於文者之法也子曰興於詩又曰詩可以興、可以亂、可以羣、可以怨、邇之事父、遠之事君、多識于鳥獸草木之名今之爲詩者果可興起其爲善之心乎果可以興觀羣怨乎果可使人知事父事君而能識鳥獸草木之名之理乎爲之而不能使人如是則如勿作均父之於詩蓋得所謂規矩備具而出于規矩之外變化不測者所謂無意于文之文而非有意于文之文也余以爲此序天下之至言也然均

父似未能然往往紫微自道耳

時至南宋國勢凌遲極矣故文運亦並不振其以能詩著稱者楊廷秀推尤蕭范陸四家謂尤延之蕭東夫范致能陸務觀是也後人去東夫易以廷秀稱尤楊范陸蕭幾不能舉其名氏而詩亦散逸盡矣至近則尤詩亦少存在祗石湖劍南二集流傳於世而誠齋集竟遠播海外焉然論者獨推劍南爲大宗

沈德潛說詩晬語云劍南集原本老杜殊有獨造境界但古體近麤今體近滑遜于杜之沈雄騰踔耳漁洋亦云務觀七言遜杜韓蘇黃諸大家正坐沈鬱頓挫要少耳非餘人所及又云放翁七言律隊仗工整使事熨貼當時無與比埒竹垞摘其雷同之句至四十餘聯緣詩篇太多不暇持擇也初不以此遂輕放翁然亦足爲貪多者鏡矣姚鼐今詩鈔云放翁激發忠憤橫極才力上法子美下攬子瞻裁制既審變境亦多其七律固爲南渡後一人餘如簡齋茶山誠齋諸賢雖有盛名實無超詣趙翼云放翁以律詩見長使事必切屬對必工無意不搜無語不新然其古體詩才氣豪健議論開闢引用書

卷皆驅使出之而非徒以數典爲能事看似華藻實則雅潔看似奔放實則謹嚴此古體之工力更深于近體也就諸家所稱則放翁誠爲南宋詩人巨擘矣然尚有非之者如李重華貞一齋詩說云放翁堪與香山踵武益開淺直路徑其才氣固自沛乎有餘人以范石湖配之不知石湖更滑薄少味同時求偶對惟紫陽朱子可以當之蓋紫陽雅正明潔斷推南宋一大家故知范陸並稱猶之温李元白優劣自較然也黃子雲野鴻詩的務觀於宋亦可稱正始惜其流于淺弱而無高渾磊落之氣至臨終詩王師北定中原日家祭無忘告乃翁可稱庸中佼佼者歸愚亦云朱子五言不必嶄絕淩厲而意趣風骨自見知爲德人之音范石湖恬縟楊誠齋鄭德源諧俗劉潛夫方巨山之流纖小四靈方幅狹隘令人一覽易盡是知南宋詩人放翁外似當屬之晦庵矣次則姜夔詩亦洗盡鉛華極蕭散自得之趣其初雖學山谷然正以不深染江西派爲佳故竹垞漁洋俱盛稱之至于四靈之稱蓋謂徐照徐璣翁卷趙師秀諸子皆永嘉人故號永嘉四靈亦號江湖派然

當時已不見重如嚴羽滄浪詩話云近世趙紫芝翁靈舒輩獨喜賈島姚合之詩稍稍復就清苦之風江湖詩人多效其體一時自謂之唐宗不知止入聲聞辟支之果豈盛唐諸公大乘正法眼藏者哉

大抵放翁詩亦自有三變初時宗尚老杜猶是江西詩派中年以後益自出機杼盡其才而後已觀其示子遹詩云我初學詩日但欲工藻繪中年始稍悟漸欲窺弘大數仞李杜牆常恨欠領會元白纔倚門温李眞自鄶此足見其宗尚之正矣

至放翁詩傳受之曾茶山幾而與茶山同時齊名南渡者則爲陳簡齋曾陳雖不列江西詩派要亦黃陳之徒也竹坡胡穉之序簡齋云公之詩勢如川流滔滔汩汩靡然東注非激石而旋東峽而逸則靜正平易之態常自若也特其用意深隱不露鱗角凡采擷諸史百子以資筆端者莫不如自己出是以人惟見其冲澹渾濩深博無涯涘而已矣若夫蜲虵蜿蜒之怪交舞于後先有不能徧識也其言雖似過甚然簡齋之於詩亦足步武后山矣又葛立方韻語陽秋謂陳去非嘗爲余

言唐人皆苦思作詩所謂吟安一箇字撚斷數莖鬚句向夜深得心從天外歸吟成五字句用破一生心蟾蜍影裏清吟苦舴艋舟中白髮生之類是也故造語皆工得句皆奇但韻格不高故不能參少陵逸步後之學詩者倘能取唐人語而掇入少陵繩墨步驟中此連胸之術也觀簡齋此論則閉門覓句寧獨后山爲然哉要之兩宋爲塡詞極盛之際其心思才力大半爲詞所分故於詩多不甚工工亦不能與唐爭勝此詩學之所由寖衰也茲錄方回所論宋詩一則於後閱之亦差得其源流升降矣略曰宋劃五代舊習詩有白體、崑體、晚唐體白體爲李文正昉、徐常侍昆仲鉉鍇、王元之禹偁、王漢謀崑體則有楊億、劉筠西崑集傳世二宋郊祁張乘崖詠錢僖公惟演丁崖州謂皆是晚唐則九僧最逼眞寇萊公準魯三交林和靖逋魏仲先父子野閒潘逍遙閬趙清獻抃之徒凡數十家深涵茂育氣勢極盛歐陽公修出爲一變爲李太白韓昌黎之詩蘇子美舜欽二難相爲頡頏梅聖俞堯臣則唐體之出類者也晚唐於是退舍蘇長公踵歐陽而起王半山安石備衆體精絕句五言或三謝獨黃雙井(庭堅)專尙少陵秦(觀)晁(補之)莫窺其藩張文潛(耒)自然有唐風別成一宗惟呂居仁(本中)克肖陳后山(師道)棄所學學雙井黃致廣大陳極精微天下詩人北面矣立爲江西派之說者銓叙或不盡然陳簡齋(與義)曾文清(幾)爲渡江之巨擘乾淳以來尤楊范陸蕭其尤也高古清勁盡掃餘子又有一朱文公(熹)嘉定而降稍厭江西永嘉四靈九僧晚唐體日淺日下然尙有餘杭二趙號爲上饒二泉(趙蕃號章泉 趙淲號澗泉)典刑未泯今學詩者不于三千年間上溯下沿窮探邃索而徒追逐近世六七十年間之所偏非演演所敢知也冋字萬里號虛谷歙人有桐江集說載顧嗣立寒廳詩話

若夫亡宋之際文山倡正氣之歌皋羽著唏髮之集水雲傳湖山之稿所南埋心史之編是皆天地之中聲人臣之大節懸日月而不刊與河山而並壽固未可以尋常之韻語下無謂之批評則姑闕焉可也

第十七篇　金元之偏霸

靖康之變區夏中分北地詩人盡陷奴虜然皆宗尙蘇黃頗存風骨其可稱者金時則以劉迎李汾黨懷英趙秉文等四人爲最著而秉文尤號傑出余觀其詩率以槎枒生硬爲工雖不獲廁於江西詩派之列要之眞山谷嫡派也迨元遺山出承閒閒之餘緒而更濟之以雄渾一時豪情勝概壯彩沈聲直欲軼蘇黃軌轍而窺李杜門牆卒之野史孤亭高風千古謂非曠代之逸民而何歟今略述諸家梗概如下

劉迎字無黨東萊人長於七言其修城行云淮安城郭眞虛設父老年前向予說築時但用鷄糞土風雨卽摧乾更裂祗合高低如堵牆舉頭四野青茫茫不知地勢實衝要東連鄂渚西襄陽誰能一勞謀永逸四壁依前護磚石免令三歲二歲間費盡千人萬人力是蓋能留心時事者

李汾字長源平晉人詩骨英挺其汴梁雜詠云樓外烽烟接紫垣樓頭客子動歸魂飄蕭蓬鬢驚秋色狼藉麻衣涴酒痕天塹波光搖落日太行山色照中原

誰知滄海橫流意獨倚牛車哭孝孫

黨懷英字世傑秦符人工五言有奉使行高郵道中云細雪吹仍急凝雲凍未開牽閒時掠水帆飽不依桅岸列枯蒲去天將遠樹來行舟避龍節處處隱漁限。

趙秉文字周臣磁州滏陽人也自號閒閒老人歷官禮部尙書翰林學士天水郡侯其詩備擅衆妙七言筆勢縱放不拘一律五古沈鬱頓挫閒學陶韋近體壯麗亦復精絕著有滏水集其首篇雜擬云朱明變氣候大火向西流六龍整征轡倏忽夏已秋閶闔來悲風霜稜被九州豈不念時節歲律聿其周精衛塡溟海木石安所投獨携羨門子高步登昆丘千秋長不老永謝區中囚亦頗具淸剛俊上之致

元好問字裕之號遺山太原秀容人始齔能詩甫冠名已大振尋登進士上第興定正大閒殆與楊趙齊驅晩歲北返尤以箸作自任以金源氏有天下不可

令一代之蹟泯而不傳乃構亭於家著述其上因名曰野史又與李冶張德輝游於渾源之上時號龍山三老而詩益渾成脫去畦畛推其極致足以盡掩諸家之長而為金元兩朝之冠歿後德輝類次其集而冶與陳郡徐世隆序之今撮徐序略云百年以來得文派之正而主盟一時者大定明昌則承旨黨公貞祐正大則禮部趙公北渡則遺山先生一人而已自中州斲喪文氣奄奄幾絕起衰救壞時望在遺山遺山雖無位柄亦自知天之所以畀付者為不輕故力以斯文為己任周流乎齊魯燕趙晉魏之間幾三十年其迹益窮其文益富其聲名益大以肆且性樂易好獎進後學春風和氣隱然眉睫間未嘗以行輩自尊故所在士子從之如市然品題人物商訂古今則絲毫不少貸必歸之公是而後已是以學者知所指歸作為詩文皆有法度可觀文體粹然為之一變大較其詩祖李杜律切精深有豪放邁往之氣文宗韓歐正大明達無奇纖晦澀之語樂府則清雄頓挫閑婉瀏亮用俗為雅變故作新得前輩不傳之妙東坡

稼軒而下不論也觀此則遺山之爲一代詞宗可信矣遺山既宗老杜又爲杜詩學引略云子美之妙釋氏所謂學至於無學者耳今觀其詩如元氣淋漓隨物賦形如三江五湖合而爲海浩浩瀚瀚無有涯涘如祥光慶雲千變萬化不可名狀固學者之所以動心而駭目及讀之熟求之深含咀之久則九經百氏古人之精華所以膏潤其筆端者猶可髣髴其餘韻也夫金屑、丹砂、芝、朮、參、桂而名之者矣故謂杜詩無一字無來處可也謂不從古人來亦可也據此則遺山之深窺杜氏又可知矣

至其他詩人據元氏中州集以觀則有宇文虛中、吳激、蔡松年、蔡珪、高士談、馬定國、邊元鼎、周昂、趙諷、楊雲翼、王若虛、張行簡、李獻甫及遺山之父元德明其尤著也自序有云百餘年來苦心之士積日力之久其詩往往可傳兵火散亡所存什一不總萃之則將遂湮滅無聞爲可惜也斯言也不特野史亭中一大掌故亦守先待後者所宜取法云爾

女眞代興車書一統其初詩人之在南者有若方回之宗法江西戴表元趙孟頫之清新麗密仇遠白珽之宗尙穠艷蕲以一洗宋金粗獷之習門戶大暢其在北者則有郝經之受業遺山耶律楚材之務趨平淡莫不著稱一時顧猶未臻乎極盛也迨虞楊范揭出力以唐代爲宗騷壇爲之一振學者號爲四傑而虞尤推獨步大抵虞詩權奇飛動楊風規雅贍雍雍乎有元祐之遺音范則秀韻天成揭亦清思雋永各擅所長咸歸大雅並時亦罕與比倫矣至楊維楨以青蓮昌谷之體高談奇麗而元詩於是大壞迄今讀鐵厓古樂府者雖覺其縱橫排奡亦足自闢町畦而貽誤後來不免致王彝文妖之誚爰是知身負盛名主盟壇坫其於倡導斯文挽回風氣夫固不可以不愼也而後生小子識力未充驟眩新奇便相傾倒又豈能得其指歸而不免於迷謬耶要之就詩而論其足以爲元後勁者吳萊立夫殆庶幾焉玆爲分述之如下

方回字萬里號虛谷徽州歙縣人宋景定中登第知嚴州降元官建德路總管

有桐江集又選唐人詩爲瀛奎律髓名於時其詩學江西故頗生硬俚質五古閒具朴致如秋晚雜書云賦詩學淵明詩故未易及飲酒慕淵明酒復罕所得荒涼數畝園卜築未成宅此或類陶家秋菊亦可摘古稱士希賢將無省厥德如我於紫桑往往似其迹儲粟既以瓶子尤不勝責有時醉欲吟忿集索逋客又五律雨涼曉思云一榻涼如水空山夜雨聲病身筋骨在往事夢魂驚老壽知何益憂危半此生吾窮終不怨稍已竊詩名格調亦佳

戴表元字帥初一字曾伯奉化人宋咸淳進士乙科以氣節相高元大德中累薦不起著有剡源集號爲東南大家名重一時初表元閔宋季文章頹弊已甚慨然以起衰爲已任乃從四明王應麟天台舒岳祥游故其學博而肆其文亦清深雅潔化陳腐爲神奇能傳其業者袁桷清容尤著也表元詩多淸妙婉約如秋晝云秋盡空山無處尋西風吹入鬢華深十年世事同紈扇一夜交情到楮衾骨警如醫知冷熱詩多當曆記晴陰無聊最苦梧桐樹攪動江湖萬里心

最覺新警。

趙孟頫字子昂、湖州人。宋亡入元。累拜翰林學士承旨。追封魏國公。謚文敏。有松雪齋集。戴表元為之序云。子昂古詩沈涵鮑謝。自餘諸作。猶傲睨高適李翱。誠定論也。大抵王孫詩彬彬爾雅。質有其文。集中如題耕織圖詩。妙處酷類儲王。七言岳鄂王墓一首。亦復蒼涼激宕。頗似少陵。詩云。鄂王墓上草離離。秋日荒涼石獸危。南渡君臣輕社稷。中原父老望旌旗。英雄已死嗟何及。天下中分遂不支。莫向西湖歌此曲。水光山色不勝悲。陶宗儀云。鄂王墓詩。不下數十百首。其膾炙人口者。莫如魏公。信然。

仇遠字仁近、白珽字廷玉、皆錢唐人。遠官杭州知事。有山村遺稿。珽江浙儒學副提舉。有存悔齋稿。

郝經字伯常、陵川人。官翰林侍讀學士、充國信使。卒贈昭文館大學士、司徒、冀國公。謚文忠。有陵川集。元詩本憾纖濃。經獨蒼渾奇崛。氣骨高騫。其入燕行及龍德故宮懷古詩等。雖身仕胡元。而乃心中國。故於燕雲之割棄。宋朝之南渡。並極歎其失策。至青城行云。天興初年靖康末。國破家亡酷相似。君取他人既如此。今朝亦是尋常事。以見天道循環。足垂炯戒。白溝行云。千年猶怨桑維翰五季。那知魯仲連。當日處小朝廷。求活者亦可媿矣。

耶律楚材、字晉卿。遼東人。累官中書令。卒贈太師、上柱國。追封廣寧王。諡文正。有湛然居士集。詩語皆本色。惟意所如。不以研鍊爲工。又時時出入內典。而大旨必歸於風雅。

虞集、字伯生、蜀人。累官侍講學士。卒贈江西行省參知政事。仁壽郡公。諡文靖。有道園學古錄五十卷。古詩筆力駿健。有風雨馳驟之勢。律句工麗秀潤。具體盛唐。一洗傖荒之習。宜其以漢庭老吏自負也。挽文丞相云。徒把金戈挽落暉。南冠無奈北風吹。子房本爲韓仇出。諸葛寧知漢祚移。雲暗鼎湖龍去遠。月明華表鶴歸遲。不須更上新亭望。大不如前灑淚時。神完氣足。思致精純。以視伯

常岳墓之作洵一時瑜亮云

楊載字仲弘浦城人徙家於杭以布衣召爲國史院編修官旋登進士仕至寧國路總管府推官有仲弘集其論詩主取材漢魏而音節以唐爲宗故所作曠朗宏達絕去纖穠之弊史稱其爲詩尤有法度洵不誣也其宗陽宮望月云老君臺上涼如水坐看冰輪轉二更大地山河微有影九天風露寂無聲蛟龍並起承金榜鸞鳳雙飛載玉笙不信弱流三萬里此身今夕到蓬瀛論者謂爲卷中首唱

范梈字德機臨江清江人以薦爲左衛教授累官閩海道知事母喪哀毀卒世稱文白先生有燕然東方海康豫章侯官江夏百丈等稿十二卷別有范德機集七卷則臨川葛雝仲穆之所編次也其詩原本老杜工於比興頗得風雅之遺

揭傒斯字曼碩龍興富州人延祐初薦授編修累進翰林侍講學士追封豫章

郡公諡文安有秋宜集其五言長於紀事朴質詳明首尾齊整語多洗鍊非徒工鋪排之比其他亦能翻陳出新略無凝滯也

楊維楨字廉夫會稽人泰定進士江西儒學提舉有古樂府鐵崖集王士禎云元詩靡弱自虞伯生外惟吳立夫長句瑰瑋有奇氣雖疏宕或遜前人視楊廉夫之學飛卿長吉區以別矣趙翼甌北詩話亦云元末明初鐵崖險怪仿昌谷妖麗仿溫李以之自成一家則可實非康莊大道當時王昌宗已以文妖目之未可爲後生取法也立夫名萊浦江人以茂才薦署饒州路長薌書院山長卒門人私諡淵穎先生沈德潛云吳淵穎之兀奡洒易之之流利薩天錫之穠鮮耀艷故應並張一軍趙王孫暨金華諸子聲價雖高未宜方駕殆信然哉易之名賢南陽人薦授翰林編修有金臺集天錫名都拉雁門人泰定進士官河北廉訪經歷有雁門天錫二集鐵崖稱其詩風流俊爽如芙蓉曲雖王建張籍無以過之云

胡元入主未及百年氣運既促風尚亦囿故綜甄較易不若唐宋曆數之長而詩以屢變也如上所述大略粗具彼雲林之避地玉山之唱和雖艷稱一時而無關大旨均不復及云至欲窺其蘊則顧嗣立所選元詩三百餘家最稱繁富而精覈則無若顧奎光之元詩選爲可法也其序略云宋詩唐之變也變而成爲宋元詩宋之變也變而復於唐宋詩或崛强拗折生硬以爲老或淺近率易鄙俚以爲眞議論好盡才氣過豪而少緣情綺靡含蓄蘊藉之意風雅之道熸矣元矯其弊而失於多學晚唐纖濃繁縟之病勢所不免然佳者則婉轉招悵附物切情工整流逸清新秀麗慮周藻密不涉粗疎意深韻遠不失徑直誠使祓除洮汰摘其英華固翕然合於風雅也顧氏此說頗見平允因節錄之備攷證焉

第十八篇　朱明之復古

朱明當陽胡人大去獸跡鳥跡廓然一清中原士子幸生太平之朝沐浴文化及是時而和聲以鳴國家之盛不亦宜哉以是青田青邱兩雄屹峙清江孟載各復

成家。遠追初唐四傑之縱。近標北郭十才之目。嗣經變故。臺閣風行。意取頌颺。體以卑靡。迨茶陵李氏出。雄雞一鳴。天下大白。何李繼之。風規益振。前七子之齊鑣接軫。固不可謂其無裨風雅也。重以正嘉之間。用修君采之倫。雅音迭奏。文采彬彬。王李挺生。流風益扇。茂秦特出。獨冠當時。是後七子之爭雄競長。抑又未可以全非也。公安竟陵。意尚纖巧。無當大雅。而斯道乃衰。幾復主盟。人材蔚起。日生戌削。臥子豐縟。起衰之功。於斯爲盛。他若亭林澁若之翺翔肆志。薑齋桴亭之隱居放言。則又浩氣周流。常存天地。而時事已不可爲矣。魯陽回日之戈。與遺民身世之感。方之文山皋羽。而何異。不且爲論世者所曩欷而不已哉。茲爲綜叙其家數如下。

（一）明初四傑及十才子　曰高季迪啓、楊孟載基、張來儀羽、徐幼文賁。是爲吳中四傑。按啓家吳郡北郭。與王行比隣。徐賁、高遜志、唐肅、宋克、余堯臣、張羽、呂敏、陳則。皆卜居相近。故號北郭十友。又稱十才子。

（二）臺閣體　曰楊士奇、楊榮、楊溥

（三）弘正四傑及前七子　曰李獻吉（夢陽）何仲默（景明）邊庭實（貢）徐昌穀（禎卿）是爲弘正四傑又號李何派又與康海王廷相王九思等爲弘治七才子又除王廷相加宋應登、顧璘、陳沂、鄭善夫爲弘治十才子

（四）嘉隆七子　曰李于鱗（攀龍）王元美（世貞）謝茂秦（榛）宗子相（臣）梁公實（有譽）徐子與（中行）吳明卿（國倫）又號王李派

（五）公安派　曰袁宏道、宗道、中道兄弟三人

（六）竟陵派　曰鍾惺、譚元春

（七）復社諸子　復社名流徧天下其以詩名世者曰長興伯吳（易）顧亭林先生（炎武）長興又與趙渙史玄號東湖三子顧與歸莊齊名

（八）幾社諸子　皆雲間人以陳臥子（子龍）爲之冠

如上所列而明代三百年詩人盛衰升降之原要可覩已然清世詞人之論列亦

頗多特見因節錄之
王士禛云有明一代作者衆多七言長句在明初則高季迪、張志道、劉子高爲最後則李賓之至何李學杜厭諸家之坦迤獨於沈鬱頓挫處用意雖一變前人號稱復古而同源異派實皆以杜氏爲崑崙墟又云明詩勝金元才學識三者皆不逮宋而弘正四傑在宋時亦罕其匹至嘉隆七子則有古今之分矣
沈德潛明詩別裁序云宋詩近腐元詩近纖明詩其復古也而二百七十餘年中又有升降盛衰之別嘗取有明一代詩論之洪武之初劉伯溫之高格並以高季迪袁景文諸人各逞才情連鑣並軫然猶存元紀之餘風未極隆時之正軌永樂以還體崇臺閣骫骳不振弘正之間獻吉仲默力追雅音庭實昌穀左右驂靳風古未墜餘如楊用修之才華薛君采之雅正高子業之沖淡俱稱斐然于鱗元美益以茂秦接踵曩哲雖其間規格有餘未能變化識者咎其鮮自得之趣焉然取其菁英彬彬乎大雅之章也自是而後正聲漸遠繁響競作公

安袁氏竟陵鍾氏譚氏比之自鄶無譏蓋詩教衰而國祚亦爲之移矣此升降盛衰之大略也又云牧齋詩選於青邱茶陵外若北地信陽濟南婁東槪爲指斥而獨推程孟陽孟陽詩纖詞浮語秖堪爭勝於陳仲醇諸家此猶舍丹砂而珍溲勃貴箏琶而賤清琴不必大匠國工始知其誣妄也

又說詩晬語云元季都尚詞華劉伯温獨標骨幹時能規橅杜韓高季迪出入於漢魏六朝唐宋諸家特才調過人山蹊未化故變元風則有餘追大雅猶不足也要之明初辭人以二公爲冠袁景文凱次之楊孟載基次之張志道以寧次之徐幼文賁張來儀羽又次之高楊張徐之名特並舉於北郭十子中初非通論又云永樂以還崇臺閣體諸大老倡之衆人應之相習成風靡然不覺李賓之東陽力挽頹瀾李夢陽何大復繼之詩道復歸於正獻吉雄渾悲壯鼓盪飛揚仲默秀朗俊逸迴翔馳驟同是憲章少陵而所適各異駸駸乎一代之盛矣至楊用修負高明伉爽之才沈博絕麗之學隨物賦形空所依傍讀宿金沙

江錦津舟中諸篇令人對此茫茫百端交集李何諸子外拔戟自成一隊五言非其所長過於穠麗轉落凡近也同時薛君采（蕙）稍後高子業（叔嗣）並以沖淡五言古風獨饒高韻後華子潛（察）希韋柳之風四皇甫（沖涍汸濂）仰三謝之體雖未穿溟滓而氛垢已離正嘉之際稱爾雅云王元近天才既高學殖亦富自珊瑚木難及牛溲馬勃無所不有樂府古體卓爾成家七言近體亦規大方而鍛鍊未純且多酬應牽率之態李于鱗擬古詩臨摹已甚尺寸不離固足招詆諆之口而七言近體高華矜貴脫去凡庸正使金沙并見自足名家過於迴護與過於掊擊皆偏私之見耳謝茂秦古體局於規格絕少生氣五言律句烹字鍊氣逸調高高岑遇之行當把臂七言送謝武選一章隨題轉折無跡有神與高青邱送沈左司詩並推神來之作　又云王李既興輔翼之者病在沿襲雷同攻擊之者又病在翻新弔詭一變爲袁中郎兄弟之詼諧再變爲鍾伯敬譚友夏之幽澀三變爲陳仲醇程孟陽之纖佻迴視嘉靖諸子又古民之三病矣論者

獨推孟陽歸咎王李而並剟論李何爲作俑之始其然豈其然乎

汪端云劉文成樂府鬱伊善感欷歔欲絕離騷之苗裔也青邱清華朗潤秀骨天成唐人之勝境也大復源於漢魏開寶而能自抒妙緒昌穀六朝風度嫻雅絕倫茂秦小樂府最爲擅場閨情邊塞不減王少伯李君虞之作凡此數家自當爲樂府正宗而西涯詠史鳳洲敍事桴亭激揚忠孝則皆變體之正也　五古元季纖靡文成起而振之醇古遒鍊抗行杜陵青邱得柴桑之眞樸輞川之雅淡可稱異曲同工他如張志道之宏朗楊孟載之蒼奇林子羽追琢工秀不在常劉以下正嘉間大復骨重神寒昌穀清聲古色皇甫昆季圭臬三謝高子業接跡曲江此皆一時之雋足相羽翼華子潛歸季思吳凝父李長蘅錢飲光張祖望諸人規撫林壑清曠絕塵亦不媿隱逸詩人之目若顧亭林磊落英多陸桴亭雄深淵雅則又獨闢門徑前無古人矣　七古青邱沈鬱宕逸兼太白杜韓之長清江志道鮮明緊健頗近遺山道園孫仲衍學岑嘉州明雋清奇善

言風景李草閣歌行學杜材力馳騁足以赴之惜波瀾較少耳弘正間諸家多宗少陵實自西涯啓之而大復雄麗尤爲奇玉特珠嘉隆以下作者殊寡鳳洲富健尙欠安詳滄溟浮囂更不足取其後陳忠裕夏節愍格古意新陸桴亭才氣無前陳元孝語能獨造撐持末季深賴此數公焉　五律之成俎豆少陵青邱上法右丞下參大曆清江以溫厚勝志道以瑰麗勝孟載以清新勝海叟以秀潔勝子羽以精鍊勝節愍以雅正勝大復於李杜王岑均能神肖昌穀嗣襄陽之清音茂秦振嘉州之逸響可稱極盛鳳洲忠裕節愍桴亭亭林元孝氣格沈雄自是大家而華泉子循子業海目湛若趣味澄邁如清源之貫逵亦猶書家逸品也　七律文成激昂悲感青邱超妙清華足稱兩雄並峙清江志道孟載子羽程節愍甘彥初張來儀諸家功力純熟詞旨葱蒨均堪媲美渾雅則推西涯委朗則推大復爽健則推茂秦滄溟雖高華精麗而用字雷同易取人厭昔人嘗集其江湖乾坤落日浮雲秋色風塵中原吾輩等字爲詩戲之故非惡

諸鳳洲雄闊、惜乏深思、未云貴品、陳忠裕、夏節愍、珍詞織句、雅練莊嚴、亭林梓亭元孝、開闢渾涵、龍驤虎步、並爲絕調、此外邊華泉、徐惟和兄弟、曹忠節、程孟陽諸家、圓秀娟妍、得衷合度、要皆不失爲名家也　七絕文成、青邱、志道、孟載、子高、來儀、劉仲修、王安中、並有唐人風度、而海叟神味雋永、仲衍自然明秀、尤爲本色當行、西涯大復、朗朗有致、昌穀學王龍標、滄溟學李太白、格高韻絕、咸臻極境、徐惟和兄弟、曹忠節、程孟陽、王介人、范東生、謝在杭、林文初諸人、措詞婉雅、綽有餘妍、斯可與劉賓客、鄭都官、把臂入林耳

如上諸家之所論、次則明代詩人之雄傑、亦具在乎是矣、因舉其尤者列之如下、誌瓣香焉

劉基字伯溫、青田人、元進士、明洪武中、以佐命功、封誠意伯、爲胡惟庸毒死、正德中追謚文成、公詩文曰覆瓿集、元季之作也、曰犁眉公集、明初作也、虞伯生云、伯溫詩發感慨於性情之正、存憂患於敦厚之言、是不可及、若其體製音節

愧盛唐李時勉曰公之出處進退比之子房明白正大偉然大丈夫之所爲公之詩文其氣壯故其詞雄渾而敎厚其學博故其詞深弘而奥密其志忠故其詞感激而切直其行廉故其詞潔而清勁古今之能以勳業文章並顯於當時而垂耀於後世若公者幾人哉鍾廣漢曰文成論詩謂今天下爲詩者取則於達官貴人而不師古此語深中元人之病試讀公集中詩皆有古人之一體可謂善於師古者也陸道威曰詩家能合興觀羣怨者雖人有數首然求其全部大旨俱合者離騷而後惟陶淵明杜子美在明則劉文成皆由其立心正也作詩者不可不讀又云文成詩無一語風雲月露但憂時閔世之言極得古人詩言志之旨樂府尤妙可謂杜陵以後一人汪端云文成詩境獨到處在沈鬱二字唐以後詩家可當此二字者惟遺山及文成兩人耳

高啓字季迪長洲人張吳時居吳松江之青邱洪武初召修元史授翰林院國史編修擢戶部侍郎放還旋爲魏觀作上梁文連累死年三十九季迪僻於詩

日課一章當元至正時楊維楨詩尙險怪靡麗之習惟季迪與王彝不屑附和其論詩曰詩之要有三曰格曰意曰趣格以辨其體意以達其情趣以臻其妙也體不辨則入於邪陋而師古之義乖情不達則墮於虛浮而感人之實淺妙不臻則流於凡近而超俗之風微三者既得而後典雅沖澹豪俊渾厚淸婉奇險之詞變化不一隨所宜而賦焉如萬物之生洪纖各具乎天四序之行榮慘各適其職又能聲不違節言必止義如是而詩之道備矣夫自漢魏晉唐而降杜甫氏之外諸作者各以所長名家不能兼也學者譽此詆彼各師所嗜譬猶行者埋輪一鄉而欲觀九州之大必無至矣蓋嘗論之淵明之善曠而不可以頌朝廷之光長吉之工奇而不足以詠邱園之致皆未得其全也故必兼取衆長隨事師法待其時至心融渾然自成始可名大方而免夫偏執之弊此蓋自道其所得也其詩有江館青邱吹臺鳳臺南樓槎軒姑蘇雜詠等集後自選爲缶鳴集季迪詩傾倒者衆殊難羅列故挈其論詩語以見一斑

貝瓊字廷琚（一名闕字廷臣）崇德人洪武初徵修元史除國子助教有清江詩集十卷朱竹垞云廷琚從學於楊廉夫其言曰立言不在嶄絕刻峭而平衍爲可觀不在荒唐險怪而豐腴爲可樂蓋學於楊而不阿所好者也其詩爽豁類汪朝宗雄整似劉伯溫風華亞高季迪清空近袁景文明麗若孫仲衍圓秀勝林子羽朗淨過張來儀足以領袖一時此非鄉曲之私天下之公言也

楊基字孟載其先蜀人居吳中洪武初用薦入官仕至山西按察使被讒奪職供役卒於工所基少負詩名楊廉夫來吳基於座上賦鐵笛歌卽效其體廉夫大驚喜謂從游者曰吾在吳又得一鐵優於老鐵矣有眉庵集十二卷汪端云孟載五古具韋柳之沖逸韓蘇之峭拔近體皆秀藻清潤風度倚然其絕人處尤在才鋒英銳神致俊爽了無晦澀塡砌之病求之弘正嘉隆間此才正未易得也按孟載詩頗爲元美兄弟所疵摘竹垞歸愚亦多非議要在愼取之耳

李東陽字賓之茶陵人天順甲申進士官至少師兼吏部尙書謚文正有懷麓

堂集王元美云西涯樂府奇旨創造名語叠出縱未可被之管絃自是天地間一種文字若使字字求諧於房中鐃吹之調取其字句斷爛者摹仿之以為樂府如是則豈非西子之顰邯鄲之步哉陳元孝云西涯樂府得古詩之遺風刺並見含蓄可味使人自得於言外朱竹垞云文正弘獎羣英力追正始由其天材穎異長短豐約高下疾徐滔滔莽莽惟意所如其自序謂耳目所接興況所寄左觸右激發乎言而成聲雖欲止之有不可得而止者此自得之言也若其擬古樂府因人命題緣事立義別裁機杼方之楊廉夫李季和輩似遠勝之汪端云西涯七古出入少陵眉山之間七律清逸流麗工於使事最近劉夢得餘體亦醇正無疵維才情秀發未逮青邱大復而氣度雍容風骨遒健究不愧為詩家正宗虞山過相推挹以明代第一人目之漁洋肆口毀斥以為歡靡熟滑準之公論均無當也

何景明字仲默信陽人弘治壬戌進士官至陝西提學副使用經學課士秦俗

化之卒年三十九有大復山人集王元美云仲默詩如朝霞點水芙蕖試風又如毛嬙西施無論才藝却扇一顧粉黛無色穆敬甫云何詩清淑典麗鑑然瑩然真得風人温柔敦厚之旨胡元瑞云何古詩全法漢魏歌行短篇法杜長篇法王楊四子律法杜之宏麗與高岑王李之秀朗卒自成一家冠冕當代陳臥子云昔人稱王恭濯濯如春月柳又評褚書如瑤臺嬋娟仲默詩庶幾近之孫豹人云大復詩疎而如淺復而彌深兩言其定評矣王貽上云何送徐少參津市打魚畫馬吳偉飛泉獵圖諸作深得少陵之髓

李夢陽字獻吉慶陽人弘治癸丑進士仕至江西提學副使首倡復古之論文必秦漢詩必盛唐非是弗道唐以後事不得用一時奉爲宗匠然其弊失之模倣太似貽畫虎之誚有空同集何大復云詩必以盛唐爲尙宋人似蒼老而實疎鹵元人似秀峻而實淺俗僕詩不免元習而空同諸作間入于宋譬之於樂絲竹之音要眇木革之音殺直若獨取殺直而幷棄要眇之音何以感情飾聽

也。空同江西以後。作詞艱者。意反近。意苦者。詞反常。讀之如搖鞞鐸耳。按自此。言出而掊擊之者。始衆。然大復之言。正自有味。

楊慎、字用修、新都人。正德辛未廷試第一。授翰林修撰。以議大禮泣諫杖謫、永昌。天啓初追謚文獻。有升菴集。

薛蕙、字君采、亳州人。正德甲戌進士。官吏部員外郎。有西原集。

王世貞、字元美、太倉人。嘉靖丁未進士。仕至刑部尚書。嘗與李于鱗結社紹述空同之說。文必西京。詩必開寶。非是則詆爲宋學。一時翕然和之。著有藝苑卮言。及弇州山人四部稿。吳文仲云。李何並駕。李雄視何。而李不若何之沖而雅也。王李齊驅。王盛推李。而李不若王之博而大也。朱竹垞云。元美樂府奇奇正正。易陳爲新。遠非于鱗。生吞活剝者比。七律高華。七絕典麗。亦未遽出于鱗下。

李攀龍、字于鱗、歷城人。嘉靖甲辰進士。仕至河南按察使。有滄溟集。其詩恆苦複沓。不如元美之工。屠長卿云。元美推尊于鱗誠太過。然當時諸公揮毫。或未

免纖弱于鱗晚出蒼健驚人奈何不壓倒曹偶誠乎尤語也
謝榛字茂秦臨清人王李之結社燕京也重茂秦行誼推爲盟長後于鱗名盛茂秦與論詩不合于鱗遂遺書絕交元美諸人咸右于鱗而排茂秦削其名于七子五子之列而茂秦游道日廣秦晉諸藩爭延致之爲刻其集河南北皆稱謝榛先生有四溟山人集及詩家眞說江進之云求眞詩於七子之中則謝茂秦者所謂人棄我取者也陳臥子云茂秦沈練雄渾法度森然可稱節制之師陳伯璣云山人說詩取初盛十二家幷李杜集中之最佳者錄成一帙熟讀之以會神氣申詠之以求聲調玩味之以裒精華得此三要造乎渾成不必塑謫仙而畫少陵也王李諸公心師其言厥後雖爭擯山人其稱詩之指要實自山人發之按謝氏既擯而當時遂有後五子廣五子續五子末五子四十子之稱然皆縉紳之流無一韋布廁於其間而人才亦遠遜茂秦矣
吳易字日生號惕齋吳江人崇禎癸未進士與貴池吳應箕俱號復社眉目以

詩文自豪有東湖唱和集明亡起義殉節死年三十五歷官兵部尚書忠義伯長興伯今存詩二卷曰東湖遺稿潘稼堂云惕齋以孤臣烈士殺身成仁其發爲詩歌慷慨激昂不作錚錚細響者由其養吾浩然深也朱竹垞云啓禎之間風雅凌替古風尤置不講日生奮跡松陵誦六公詠原本杜老八哀之作是時第知臥子有起衰之功然臥子豐縟日生戌削各有其長沈柳塘云惕庵西郊較射使讀其東湖雜感云深宮醉舞夜敵國臥薪時想見其有心斯世

陳子龍字臥子號大樽華亭人崇禎丁丑進士與夏允彝徐孚遠等結幾社以詩文相砥錯刊其所作曰壬申文選明亡起義殉節死歷官兵部尚書有詩集十七卷朱竹垞云王李教衰公安之派浸廣竟陵之熖頓興一時好異者譸張爲幻如帝釋既遠修羅藥叉交起搏戰日輪就瞑鵩子鵂毋四野羣飛黃門張以太陰之弓射以枉矢腰鼓百面破盡蒼蠅蟋蟀之聲其功不可泯也觀其與李宋二子選明詩自序略云一篇之收互爲諷詠一韻之疑互相推論攬其色

矣必準繩以觀其體符其格矣必吟誦以求其音協其調矣必淵思以研其旨於是郊廟之詩肅以雝朝廷之詩宏以亮贈答之詩溫以遠山藪之詩深以邃刺譏之詩微以顯哀悼之詩愴以深使聞其音而知其德有其辭而推其志先生之論詩知所本矣

顧炎武字寧人號亭林崑山人崇禎末入復社有名與同邑歸玄恭友善有歸奇顧怪之目朱竹垞云寧人詩事必精當詞必古雅杼山長老所云清景當中天地秋色庶幾似之沈歸愚云亭林韻語其餘事然風霜之氣松柏之質兩者兼有就詩品論亦不肯作第二流人汪端云亭林詩憑弔滄桑語多激楚茹芝采蕨之志黍離麥秀之悲淵深樸茂直合靖節浣花爲一手豈宋谷音月泉諸人所能伯仲哉

鄺露字湛若南海諸生永曆朝授中書舍人廣州城陷死之有海雪集屈華夫云湛若詩憂天憫人主文譎諫雖小雅之怨誹離騷之忠愛無以尚之王漁洋

論詩絕句云海雪崎人死抱琴朱紘疏越有遺音九疑淚竹娥皇廟字字離騷屈宋心蓋正指湛若也

王夫之字而農號薑齋衡陽人崇禎朝舉人明亡隱居石船山箸書甚衆人稱船山先生有五十六十七十自定稿及落花遺興梅花雁字等詩咸自爲編又有詩譯夕堂永日緒論南窗漫記皆其說詩之作也其詩原本風騷理致瑩潔一洗形模句仿之陋論詩尤貴自然嘗謂詩俱以意爲主意猶帥也無帥之兵謂之烏合李杜所以稱大家者無意之詩十不得一二也烟雲泉石花鳥苔林金鋪錦帳寓意則靈齊梁綺語宋人搏合成句之出處（宋人論詩字字求出處）役心向彼掇索而不恤己情之所自發此之謂小家數總在圈繢中求活計也

陸世儀字道威號桴亭太倉人明諸生鼎革後遯跡荒村與陳瑚江士韶盛敬稱婁東四先生有桴亭集陳言夏云桴亭古風取裁漢魏近體得法李唐不屑爲卑弱不振之調酉戌以後憂愁幽思殆近離騷晚年益造自然長篇短幅縱

筆所之無如意總之桴亭論詩以三百篇爲主故一字一句必有合於興觀羣怨之旨非若世之爲詩者以剽竊詞華擬議聲病爲能也

余述明代詩人畢乃作而歎曰悲哉明詩之不能躋唐軼宋殆有故哉蓋明自青田青邱二公出而其力已足以淩躒金元追攀魏晉駸駸乎上窺風雅之源矣假使明良喜起學與年增豈非大快乃不幸而遭遘讒忒中道銜哀既促損夫天年復埋滅其作述此詩道之一戹也重以燕啄王孫龍歸大壑而三楊製作遂重朝廷舉國相從百年莫喻此詩道之又一戹也迨七子挺生人文彪炳隋珠和璧照耀騰輝不可謂非極一時之盛矣而過立門戶競相標榜末流之弊徒存膚廓公安竟陵起而矯之纖嗇尖新好行小慧識者因以慨風雅之掃地矣幾復聲興聲聞遠播黃鐘大呂之音比之建安而奚愧使當全盛之朝何難揖高劉而挈何李顧乃天不祚漢胡虜縱橫義旅東南不遑朝食倚馬草檄之餘尚容賦詩橫槊雅歌投壺以一抒其襟抱耶奚况萇弘碧血遺恨千秋精衞寃魂空塡滄海昆明劫

後之灰非錮之鐵函以沈眢井卽羣詫以爲不詳而大遭禁燬此詩道最後之大厄也嗟乎有明三百年右文之治而其厄運乃如此之鉅誠漢魏六朝以來迄乎唐宋金元所欲求之而未有也余故綜而論之以見詩道之不復昌明于時者乃氣運使然非人材之不古若也而後之學者誠能具雄偉之材荷非常之志高窺庠四始六義之原而一洩其磊落英多之概亦不廢江湖萬古流也康莊八達之衢固坦然而無阻要在騂騮騄耳之耆自馳騁耳豈王良造父得能一一而鞭策歟

第十九篇　清詩之蕃衍

清詩人衆矣然綜名覈實別僞存眞則二百六十年間之流風逸韻固可得而言也大抵清初詩人推江左三大家皆明臣而筮仕於清者也繼之者爲嶺南三家然元孝翁山眷懷故國自在遺民之列惟梁藥亭以六十老翁廁身翰苑正未可與陳屈二賢同年而語矣厥後朱錫鬯流譽江東王貽上姚聲山左施愚山奮跡

宣城宋荔裳齊鑣海岱一時有南朱北王南施北宋之目而新城秀水屹然並峙執騷壇之牛耳者垂五十年允推兩大宗師然漁洋宗法王孟祗以神韻擅長所謂詩人之詩而非學者之詩故當時趙秋谷即著談龍錄以彈之而商邱宋犖自謂與王齊名並與顏光敏等號輦下十子時人亦未之許也迨歸愚沈氏出承分湖葉燮之傳手取漢魏六朝以來詩人之作從容釐訂勒成鉅編名古詩源曰唐詩別裁明詩別裁以垂典則而後學者咸知嚮往不惑歧趨故漁洋見而稱之曰橫山門下尚有詩人其傾倒也如此橫山者吳江葉星期先生燮也平生痛於詩家之喜崇范陸作原詩內外篇以老杜爲歸以情境理爲宗旨歸愚少從之游故其詩古體宗漢魏近體宗盛唐而尤所服膺者杜少陵也門下之盛突過漁洋若盛錦、周準、陳楫、顧詒祿、袁景輅皆其最著也厥後又有王鳴盛、王昶、錢大昕、曹仁虎、黃文蓮、趙文哲、吳泰來之吳中七子及褚廷璋、張熙純、畢沅等之繼起再傳弟子則有武進之黃景仁私淑弟子則有仁和之朱彭乾嘉以來詩家傳授之廣從未有如歸愚者矣。先是石門呂晚村嘗有宋詩之輯。未及成而歿。稿留吳之振所。之振惜之。因約橫山共爲緝理。書成。名曰宋詩鈔。至錢塘厲鶚起。始盡力搴擷。並爲宋詩紀事一書。而兩浙詩風。爲之一變。同時袁隨園與蔣鉛山趙雲松。亦號三大家。隨園仰漁洋之餘沫。而略變其製。專主性靈。幾令學詩者可一書不讀。鉛山徒工詞曲。甌北亦多濫調。俱未足以領袖羣倫。獨翁覃谿特拈肌理二字。以鍼新城之失。然言言徵實。猶蹈北派之弊也。若夫舒王孫之世稱三君。與陽湖洪亮吉、楊芳燦、江西曾燠、樂鈞、浙中吳錫麒、吳江郭麐、嶺南張錦芳等。大率惟唐是尙。雖身未及於歸愚之門。而要皆被其流風者也。及曾滌笙以侯相之隆。承姚鼐之說。宗尙蘇黃。海內風靡草偃。江西詩派之說。於以復盛。極其流弊。如今日閩中一輩。乃欲竭九牛二虎之力。務爲宋詩張目。而清運絕矣。嗚呼。茫茫天壤。落落羣倫。此後之風雲歲月。幾不知屬之誰何。而末學狂人。罔知國故。輒復囂然妄肆異議。以相取快。而誤後生。其爲罪不滋重哉。然而黃鐘毀棄。瓦釜雷鳴。君子道消。小人道

旻居今日之海宇何一而非詐僞則余縱欲有言尙何言哉今略述順康以還詩家梗概於下。

(一)家派

江左三大家　曰錢牧齋謙益吳梅邨偉業龔芝麓鼎孳皆江南人吳江顧有孝選其詩爲江左三大家集

嶺南三家　曰陳元孝恭尹屈翁山大均梁藥亭佩蘭皆廣東人惟陳屈二公係明代遺民今論列其詩於清恐非其志也故從略

南朱北王　曰朱錫鬯彝尊浙江秀水人有曝書亭集王貽上士禎山東新城人有帶經堂集

南施北宋　曰施尙白閏章安徽宣城人有愚山詩集宋玉叔琬山東萊陽人有安雅堂集

海內八大家　曰宋琬施閏章王士祿王士禛程可則汪琬沈荃曹爾堪士祿

字西樵士禛之兄亦其所從受詩法者也可則字周量廣東人琬字苕文長洲人荃字貞蕤華亭人爾堪字顧菴嘉善人

輦下十子　曰商邱宋犖牧仲曲阜顏光敏脩來德州田雯山薑江都汪懋麟蛟門江陰曹禾頌嘉郃陽王又旦幼華德州謝重輝千仞安邱曹貞吉升六以及丁澹汝葉井叔元是也

橫山派　曰葉燮已畦—沈德潛—吳中七子等
　　　　　　　　　　　　　—松陵詩派（嘉慶以降至于今日）

乾嘉三大家　曰錢塘袁枚子才鉛山蔣士銓心餘陽湖趙翼雲崧

嘉道三君　曰大興舒位鐵雲秀水王曇仲瞿常熟孫原湘子瀟

（二）集評

鄒鎡有學集敍云牧齋先生產於明末其爲詩也擷江左之秀而不襲其言並草堂之雄而不師其貌閒出入於中晚宋元之閒而渾融流麗別具爐錘北地

爲之降心湘江爲之失色矣

錢蒙叟致吳梅邨書云大集詞麗句清層見叠出鴻章縟繡富有日新有事采劉者或能望洋而歎若其攢簇化工陶冶今古陽施陰設移步換形或歌或哭欲死欲生或半夜而啼或當餐而歎則非精求於韓杜二家吸取其神髓而傾助之以眉山劍南斷斷乎不能窺其籬落識其阡陌也　趙甌北詩話云梅村詩有不可及者二一則神韻悉本唐人不落宋以後腔調而指事類情又宛轉如意非如學唐者之徒襲其貌也一則他材都用正史不取小說家故實而選聲作色又華豔動人非食古者之物而不化也蓋其才情書卷能瀾翻不窮故以唐人格調寫目前近事宗派既正詞藻又豐而感愴時事俯仰身世纏綿悽惋情餘于文尤意味深厚　四庫提要云偉業少作大抵才華豔發吐納風流有藻思綺合清麗芊緜之致及乎遭逢喪亂閱歷興亡激楚蒼涼風骨彌爲遒上暮年蕭瑟論者以庾信方之其中歌行一體尤所擅長格律本乎四傑而情

韻。爲。深。敍。述。類。乎。香。山。而。風。華。爲。勝。韻。協。宮。商。感。均。頑。豔。一時。尤。稱。絕。調。

吳梅邨詩話。龔鼎孳、字孝升、廬州合肥人。甲戌進士。授蘄水知縣。攷選給事中。入本朝爲太僕少卿。中間流離患難。幾不免。庚寅秋。報余書略云。先生留意文章。超絕前軌。馬班屈宋。蔚有兼長。爝火至微。何敢妄希扶桑之耀。且身。既。敗。矣。焉。用。文。之。顧。萬。事。瓦。裂。空。言。一。綫。猶。冀。後。世。原。心。宣。鬱。遣。愁。亦。惟。斯。道。往。在。燕。邸。與。秋。岳。舒。章。諸。子。各。有。抒。寫。篇。幅。遂。繁。近。年。以。來。蓬。轉。江。湖。仲。宣。登。樓。衿。情。難。忍。嗣。宗。懷。抱。歌。哭。無。端。未。極。斐。然。不。無。驅。染。然。前。則。魂。魄。初。召。懸。旣。苦。而。難。調。繼。乃。離。索。寡。羣。刀。雖。操。而。未。善。亟。思。大。雅。提。振。小。巫。九。合。葵。邱。舍。公。誰。屬。方當。悉。索。敝。賦。奉。鞭。弭。於。中。原。不。敢。煩。苞。茅。之。討。也。此。書。至。余。發。之。於。相。知。讀。者。無。不。以。爲。徐。庾。復。出。也。孝。升。詩。最。秀。穎。高。麗。聲。調。遒。緊。有。義。山。之。風。嘗。憶。其。潤州一聯云。亂。後。江。聲。猶。北。固。坐。中。人。影。半。南。冠。激。昂。慷。慨。猶。是。此。書。大。意。可。爲三歎。按龔自入清後仕至尙書。

王漁洋詩話云。朱竹垞箸書最富。如日下舊聞。經籍存亡攷。皆餘百卷。又撰詩綜詞綜若干卷。其自箸詩歌雜文。曰竹垞文類者。余爲序之。　四庫提要云。國朝之詩。以彝尊及士禛爲大家。謂王之才高而學足以副之。朱之學博而才足以運之。其失則朱貪多。王愛好。暮年老筆縱橫。天眞爛縵。惟意所造。頗乏剪裁。然晚景頹唐。杜陵不免。亦不能苛論於彝尊矣。

沈歸愚清詩別裁云。漁洋少歲。即見重於牧齋。後學殖日富。聲望日高。宇內尊爲詩壇圭臬。突過黃初。終其身無異辭。或謂漁洋獺祭之工太多。性靈反爲書卷所掩。故爾雅有餘。而莽蒼之氣。遒折之力。往往不及古人。老杜之悲壯沈鬱。每在亂頭粗服中也。應之曰。是則然矣。然獨不曰。懽娛難工。愁苦易好。安能使處太平之盛者。強作無病呻吟乎。　四庫提要云。士禛談詩。大抵源出嚴羽。以神韻爲宗。蓋開國之初。人皆厭明代王李之膚廓。鍾譚之纖仄。於是談詩者競尙宋元。既而宋詩質直。流爲有韻之語錄。元詩縟豔。流爲對句之小調。于是士讓以清新俊逸之才範水模山批風抹月倡天下以不著一字盡得風流之語天下遂翕然應之然所稱者盛唐而古體惟宗王孟上及於謝朓而止律以杜甫之忠厚纏綿沈鬱頓挫則有浮聲切響之異矣

甌北詩話云與梅村同時而行輩稍次者有南施北宋兩家愚山以儒雅自命稍嫌腐氣荔裳則全學晚唐無深厚之力此外爲一時山斗者莫如王阮亭然專以神韻勝但可作絕句而元微之所謂鋪陳終始排比聲韻豪邁律切者往往見絀終不足八面受敵爲大家也其次朱竹垞其詩初學盛唐格律堅勁不可動搖中年以後恃其博奧盡弃格律欲自成一家究非風雅正宗

王漁洋曰門人洪昉思問詩法於愚山愚山曰子師言詩如華嚴樓閣彈指卽現又如五城十二樓縹緲俱在天際余則譬作室者瓴甓木石一一俱就平地築起洪曰此禪宗頓漸義也　沈歸愚云南施北宋故應抗行宋以雄健磊落勝施以溫柔敦厚勝各自擅場

清別裁云商邱公固風雅之總持也其詩古體主奔放近體主生新意在規倣東坡時宗之者非蘇不學矣茲所錄者俱近唐賢公晚年訂定意或轉在是歟

清別裁云葉燮字星期吳江人康熙庚戌進士知寶應縣有己畦集歸愚云先生論詩一曰生一曰新一曰深一切庸熟陳舊浮淺語須掃而空之今觀其集中諸作意必鉤玄語必獨造寧不諧俗不肯隨俗戛戛於諸名家中能拔戟自成一隊者又云先生初寓吳時吳中稱詩者多宗范陸究所獵者范陸之皮毛幾於千手雷同矣先生箸原詩內外篇四卷力破其非吳人士始多訾謷之先生沒後人轉多從其言者王新城司寇致書謂其獨立起衰應非漫許薛一瓢詩話先生誨余作詩有三字曰情曰理曰事余服膺至今時理會者

四庫提要云樊榭詩吐屬嫺雅有修潔自喜之致絕不染南宋江湖末派雖才力富健尚未能與彝尊等抗行而恬吟密詠綽有餘思視國初西泠十子脩然遠矣

姚姬傳與何硯農書云今日詩家大爲榛塞雖通人不能具正見吾斷謂樊榭簡齋皆詩家之惡派此論出必大爲世怨怒然理不可易也

(三)傳略　閩中鄭方坤嘗有清詩家名人小傳一書叙次頗詳茲略取之於下

吳偉業字駿公太倉人其詩詞樂府於故國舊君之思時流言外如我本淮南舊雞犬不隨仙去落人間及臨終詞云故人慷慨多奇節爲當年沈吟不斷草間偸活又脫屣妻孥非易事竟一錢不値何須說悲憤自訟不作一欺人語讀者略其跡諒其心可也所作歌行鋪張排比如李龜年說開天遺事可備一代詩史

朱彝尊字錫鬯秀水人詩名尤藉甚人口時阮亭尚書以風雅號召海宇一時名流無敢相驂驔者惟先生體大思精牢籠萬有而澄汰鍛鍊不肯人云亦云可以匹敵迄今新城長水屹然爲二大宗師比於唐李杜宋蘇黃云

王士禛字阮亭生濟南文獻之邦宦江左清華之地故其詩上溯三百篇下逮

漢魏六朝唐宋元明之製靡不窮其派別而折衷其指歸於陶孟王韋諸家尤有神悟

施閏章字愚山宣城人其詩氣體高妙格律深穩鏘然玉應盎然春溫阮亭最愛其秋風一夕起庭樹葉皆飛孤宦百憂集故人千里歸嶽雲寒不散江雁去還稀遲暮兼離別愁君雪滿衣之作謂昔人論古人十九首以爲驚魂動魄一字千金此雖近體豈愧十九首耶

宋琬字荔裳萊陽人初以進士廻翔郎署標格意氣文采風流並足推倒一世卒以鬱鬱不得志死所爲詩覽古寫懷思鄉望闕江山資其悽惋風雨壯其羈愁豪宕感激悱而不怒有勞人志士之思焉

宋犖字牧仲號漫堂別署緜津山人商邱人平生業詩爲專家老而不休武進邵青門鈔其詩與漁洋合刻之謂新城天授既高變化逾出如游賈胡之市光怪瑰瑋而火齊木難之錯陳也商邱含吐醞藉標格雋上如良玉之溫潤縝栗

而精采四映也體製固不相襲而其淵源風騷斟酌漢魏三唐以自成一家固自異曲同工矣

夫清代詩人大略既具是矣以余觀之覺其文章之熾粤繁有明而人材之衆勢燄之盛與夫社集之廣氣節之勁則清猶未及夫明也何言之明初詩人劉文成建開創之奇勛高青邱承風雅之正軌固彬彬乎當代之弘儒也而清則卑躬屈膝覥顏苟活無復一人能揚眉吐氣者江左三家固無論已彼朱王獨非其儔歟而蕭山陽羨漢槎穀堂之倫固當與甫艸已哇同類而並笑之也降迨中葉明則前後七子笙簧迭奏壇坫爭雄雖事涉矜誇而旌旆飛揚風雲會合自有不可一世之概而清則歸愚一老蠖屈吳下鏗鏗規律不免固哉之稱別裁選成更遭呵斥之辱以視眇山人之被擯王李不猶彼善于此乎至於末季明則悲歌慷慨起東南半壁之爭被髮佯狂勵薇蕨西山之志而清則夷齊百輩並下首陽宫殿千門高開吟社矣以是言詩詩何足貴以是言學學復奚裨宜乎爭邑嘈雜邐迤紛

陳僞體滋繁妖言競起余竊以爲當此千鈞一髮凡我中華志士愛國男兒宜若何感慨奮發爲中流砥柱之圖而不意小生賤儒罔知別擇委瑣齷齪猶觳然低唱其亡國之音以駢首而自殺嗚呼世有魯仲連不寧蹈東海而死哉

詩學綱要完

及門諸子校訂